世説新語で読む

竹林の七賢

漢文ライブラリー

大上正美
著

朝倉書店

目次

序章

「竹林の七賢」と『世説新語』

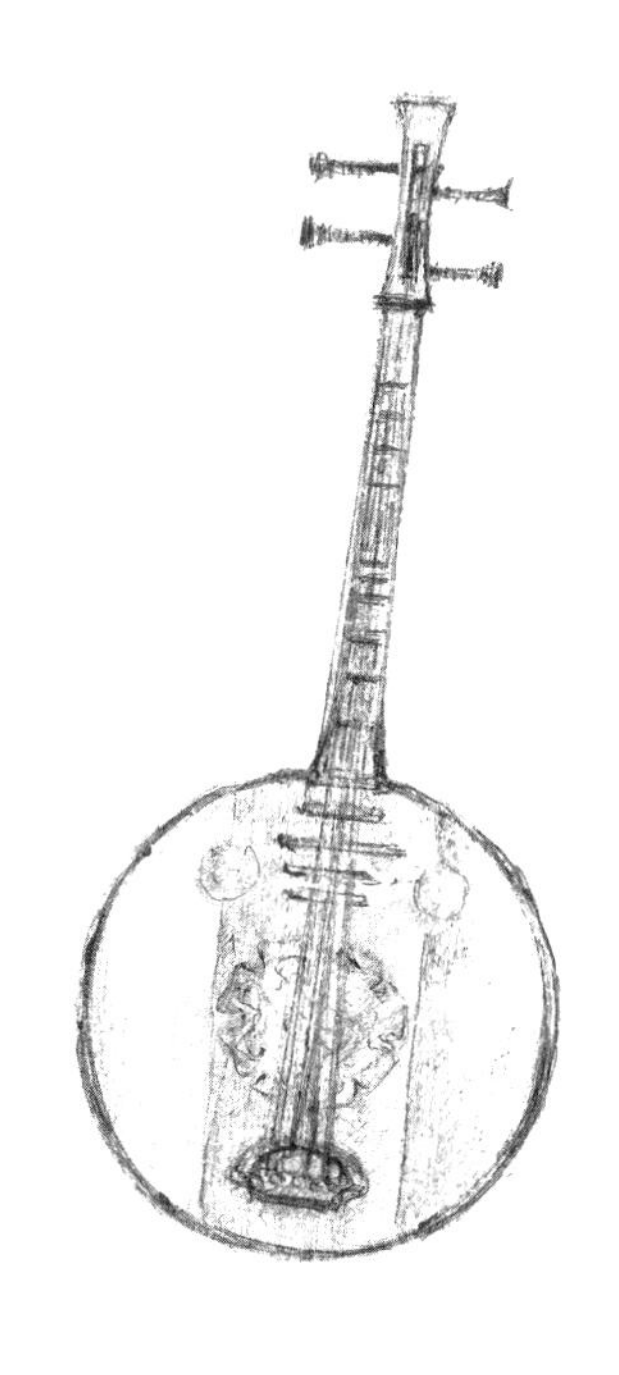

（一）「竹林の七賢」で考えようとすること

「竹林の七賢」と称された人たちは、西暦紀元三世紀半ば（日本で言えば卑弥呼の時代）の苛酷な魏晋交代期に、社会通念や権力者に群がる俗物たちに激しく反撥し、どこまでも自己の志に徹して主体的に生きようと苦闘した知識人です。本書は、彼らの具体的な言動を、『世説新語』とその注が引く挿話等で読み込み、それぞれの精神（志）とその個我のありようを考えようとするものです。七人は『世説新語』の任誕篇の冒頭に、紹介されています。

[1] 陳留阮籍、譙国嵆康、河内山濤、三人年皆相近、康年少亜之。預此契者、沛国劉伶、陳留阮咸、河内向秀、琅邪王戎。七人常集于竹林之下、肆意酣暢。故世謂竹林七賢。（任誕第二三・1）

陳留の阮籍、譙国の嵆康、河内の山濤、三人は年皆相近く、康の年少しく之に亜ぐ。此の契に預る者は、沛国の劉伶、陳留の阮咸、河内の向秀、琅邪の王戎なり。七人は常に竹林の下に集ひ、意を肆ままにして酣暢す。故に世に竹林の七賢と謂はれり。

【現代日本語訳】 陳留（河南省）の阮籍（字は嗣宗、二一〇–二六三年）、譙国（安徽省）の嵆康（字は叔夜、二二三―二六二年）、河内（河南省）の山濤（字は巨源、二〇五―二八三年）の三人は、いずれも年齢が近く、嵇康が少し若いくらいだった。彼らの交遊に加わった者は、沛国（江蘇省）の劉伶（伶は「霊」とも表記。字は伯倫、西晋にも生存）、陳留の阮咸（字は、仲容。西晋で始平太守）、河内の向秀（字は子期。嵇康死後に河内の郡吏）、琅邪（山東省）の王戎（字は濬沖。二三四―三〇五）だった。七人はいつも竹林のもとに集まり、ほしいままに酒を飲んでは心を解放して楽しんだ。だから世間から彼らのグループは「竹林の七賢」と呼ばれたのである。

※本書が以下に順次取り上げた本文においては、冒頭の[1]は収録した番号を示し、人名・地名・王朝名等の固有名詞には傍線を、書名・篇名には波線をつけ、見やすくした。また、末尾の「（任誕第二三・1）」は、『世説新語』第二三番目の篇名「任誕」内の通し番号が1である旨を記した。

「任誕篇」は計三六部門の第二三番目の篇名で、好き勝手な言動をした自由人たちの話を集めた五四話を載せています。七人は他の相識も加えて、それぞれに熱く交流していましたが、必ずしも同じ時期にいつも一堂に会したわけではなく、「竹林の七賢」の名称は、彼らが生存したほぼ半世紀以後の東晋の時代に総称されたものであることは、例えば早くに福井文雅が看破しています（「竹林の七賢についての一試論」一九五九年『フィロソフィア』三七号）。

従って竹林の七賢といえば、苛酷な時代情況にあって、体制の枠の外の竹林に集まり、浮世離れした清談をし、飲酒の歓楽に明け暮れした風流人のグループであった等々、と思いこんで単純に称揚するだけの人はさすがに今ではいませんが、それでも東晋以後の中国だけでなく、我が国でも盛んに図絵に描かれた清遊のさまのイメージは、なかなか捨てがたいものがあります。なぜなら、もちろん全てがすべて実像というわけではなくても、いつの時代にあっても、大なり小なり世知辛い世の中、苛酷な生の姿、不合理がまかり通ることに目をつぶることができず、時代を苦く感受せざるを得ない覚めた人たちにあっては、情況の枠の外の憧憬の精神風土として救われる思いがするからでしょう。その意味でも、彼らが生きた姿を通して認められる事実らしきものの事跡に立ち止まりつつ読み進めれば、それを契機に、現代の私たち自身にも何かしら教えてくれるものがあるに違いありません。たとえその憧憬が憤怒にかわろうと、絶望にかわろうと、逆説的な意味においても、個々人が存在してあることの真の価値を振り返らせてくれるのではないでしょうか。

（二）『世説新語』はどのような作品集か

『世説新語』は主として、二世紀後半の後漢から、五世紀初めの東晋末の時代を、きわめて個性的に生きた知識人たちの様々な言動を収集した逸話集です。南朝宋（劉裕が東晋王朝を簒奪して創建したので劉宋とも呼ばれる）になってまもなく、劉裕の甥の臨川王劉義慶（四〇三―四四四）と彼の周りに集まった文人たちが編集したもので、それから約百年後に梁の劉峻（字の孝標で知られている。四六二―五二一）が別に伝わる話を注につけ、併せて読まれてきました。歴史人物の伝記資料に終わらせず、魯迅は「志人小説」と名付けた文学作品として位置づけています（『中国小説の歴史的変遷』）。現存するテキストとして最も信頼されるのが、一二世紀南宋の董弅の旧蔵本の形体をふむとされる日本の「尊経閣本」（金沢本）で、手に入りやすい台湾の芸文印書館から影印されたもの（一九六八年再版）を、基本的には本書で用いています。それによると上中下の三巻仕立て、計三六の部門からなり、構成は次のようです。

巻上…徳行篇第一（有徳者）、言語篇第二（言葉のセンス）、政事篇第三（政治）、文学篇第四（学問・文学）

巻中…方正篇第五（妥協しない堅物）、雅量篇第六（広量で柔軟）、識鑑篇第七（鑑識眼）、賞誉篇第八（褒め上手）、品藻篇第九（品格の比較）、規箴篇第一〇（教戒）、捷悟篇第一一（敏い）、夙恵篇第一二（神童）、豪爽篇第一三（豪快な男）

巻下…容止篇第一四（容貌と立居振舞）、自新篇第一五（自省）、企羨篇第一六（羨望）、傷逝篇一七（哀悼）、
棲逸篇第一八（隠逸）、賢媛篇第一九（賢明な女性）、術解篇第二〇（技術者）、巧芸篇第二一（技芸の人）、
寵礼篇第二二（寵愛を受ける）、任誕篇第二三（自分本位で自由）、簡傲篇第二四（傲慢なまでに自由）、
排調篇第二五（他人をやり込める）、軽詆篇第二六（軽蔑）、仮譎篇第二七（だます男）、
黜免篇第二八（左遷・免職）、倹嗇篇二九（ドケチ）、汰侈篇第三〇（贅沢）、忿狷篇第三一（癇癪持ち）、
讒険篇第三二（陰険な告げ口）、尤悔篇第三三（後悔ばかり）、紕漏篇第三四（迂闊）、
惑溺篇第三五（女性に溺れる）、仇隙篇第三六（仇・仲違い）

最初の四篇は、『論語』先進篇で言及された、いわゆる「孔門四科」に則る命名ですが、それ以下の部門は多様な角度から言動を分類して羅列したものです。ただ巻下の排調篇第二五以下は、それまでの各篇が普通は道徳的にプラス価値を評価される篇であるのに対して、むしろマイナス価値として受け取られがちな篇ばかりですが、注意しておきたいのは、その正負の価値についての裁断がなされる叙述は少なく、基本的には正負それぞれをどれだけ徹底して生きているか、そこに存在の姿を見ようとしていることに主眼がおかれています。つまり正負を超えて自分なるものを貫く姿に個性を認め、それを感心したり面白がったりして読み手に差し出しているのです。総計一一三〇条、述べ六四〇人余の短い逸話が載せられています。次に編集の実態と総体から見えてくる作品集の特色について述べておきましょう。

まずは今述べた、人間存在の多様な価値をめぐってです。価値の多様化・多元化には、前漢・後漢の四百年余続いた、皇帝をヒエラルキーの頂点とする一元的価値観が後漢末になるとすっかり崩れ、生きる価値が見えにくくなった混乱の時代がやってきたことが背景にあります。ある価値観のもとに生きていれば少なくとも未来は保証される（かのようにうつる）、つまり自己は自己実現できる（ほんとうは何時の時代もそんなことはあり得ないのだが）と思える、そんな安定の時代から、どのようにも自己は自己として生きるのが難しい混乱の時代になって、価値が先験的に

存在していると思い込むことができなくなったとき、それにもかかわらずなお（それであるからこそ）頼りにするのは、自己が自己として生きることの価値を求めて生きようとすることです。それは言うは易しですが、そのような苛酷な時代にあって自己の責任で生きるということは、自己の生死を賭けた厳しさを引き受けることでもありました。ここで大急ぎで断っておかなければなりませんが、何時の時代も人は人として存在していること自体に価値があります。ただここでは、中国古典で言えば読書人とよばれる（世の指導者になるために、識字と読書・勉学と文章を書くことで、社会にコミットする存在となろうとする）、そういう社会参画への使命感を帯びた六朝知識人についてのことです。そこでの課題は、自己本位をどのように貫くか、ということでもあり、それが当時の支配層である貴族の良質の存在たらんことへの問いと倫理であったと言えます。そこで一人一人が問うのが「志」（かくあらんとする精神）であり、中国古典文学の基核となった精神なのでした。

そのような多様な価値認識は次の諸点に明らかです。

一、篇名からみる個性の多様性。混乱の時代における既成の価値へのラディカルな見直しが、六朝時代の文化の盛り上がりをもたらしました。人間の内的営みの豊かさをこそ第一にする思想や芸術として意識させ、老荘思想の浸透、また詩文、音楽、書、絵画といった芸術の自立もこの時代なればこそでした。

二、同一の篇内の、価値様相の多様性。例えば、王戎の死孝（後述[78]・[79]の話）。読み手に王戎の如くあれ、と推賞するのでないが、しかし誰もできない徹底的な姿に個性を認めています。単純に既成道徳を宣揚するのでなく、徳なるものを原点にもどって具体的に考えさせる挿話なのです。

三、同じ人物でも篇によってその印象をまったく異にする話を載せ、一人の人物の中の多様な生の姿を見逃していません。例えば嵆康の場合、山濤と絶交までする激しい気性[34]と、日頃喜怒哀楽を顔に出さない一面[27]と。また王戎におけるケチ[83]～[86]と清廉さ[87]・[88]と。

四、劉孝標の「注」が引用する挿話によって、本文が提示するイメージをさらに極端に伝えるものがあるかと思うと、まったく反対の異なる事実や評価も伝えています。本文と注とによって示された人物の見方が変わる多様性です。つまり、複雑で矛盾するものを抱える実像を見つめ、伝え手の、そしてそれをよむ読み手の一方的な人間評価を疑う視点を持っているのです。

そしてそれらの多様な人間の様相から個性的に存在することの意味が問われ、そこには自己と他者に対する人間認識の基本が示されています。人間の存在は相対的であるところに価値があり、同時に自分自身に関しては自己の責任において自己に徹して生きることが生の姿である、とする観点です。苛酷な政治的時代を自己の生死を賭けて自己が自己であるように生きることですから、従ってそれはまた、人間の真の評価は極限情況によってどのような行動がとれるか、にあるということにもなります。どのようにして生きたかだけでなく、どのように徹底して生きたかの姿が大事なのです。

次に『世説新語』の文学性についてです。

一、生の逸話をその人の伝記資料とするだけに終わらせず、思想や観念を生きた姿そのものとして捉えています。従って、具体的な生の姿から、その人物の思想や人格を読み手が主体的に考えたり、想像したりする契機となるような読みが要請されるテキストなのです。

二、場の文学ともいうべき、生き生きとした説話文学で、とくに臨場のリアリティが際立ちます。どのように生きているか、それがどのように描かれているか。例えば、鍾会に対する嵇康の危険な応対〔32〕、王戎と妻との光景〔86〕、劉伶と妻との掛け合い〔46〕等々。人と人との関係の、緊張感のある場として――親和、敵対、緊張、ユーモラス、おふざけ、演技、熱・冷の温感、語気、表情、礼節、畏敬、軽蔑、仲間意識が、巧みな描写によって繰り広げられる。ここでも叙述の細部に深く関わる読みが要請されます。

三、全編、言葉を重視していて、言語篇だけでなく、登場人物が発する言葉のセンスが抜群で、人物評価はこの一点にあると言わんばかりです。この点に関しては井波律子が『世説新語』解釈の基軸に「機知」の語をもってし、貴族文化の実態をそこにこそ認めているのは卓説です（『中国人の機知』）。

なお、『世説新語』が描く歴史的には前半部、魏と西晋の代表的な姿が竹林の七賢に象徴され、本書の扱うところです。ちなみに、それに対して後半部では東晋を代表させて謝安（字は安石。三二〇-三八五）によって貴族のあるべき姿を描いていますが、渡邉義浩はそこにこそ貴族的価値観の確立をめざした『世説新語』編集意図があった、と理解しています（『「古典中國」における小説と儒教』）。

（三）「竹林の七賢」について

前述のように『世説新語』の世界は個性溢れる多様な人間像を問題にしていて、主として竹林の七賢を取り上げる任誕篇も、その一部門に過ぎません。それでも、『世説新語』という作品集の基本的な精神と主張が、竹林の七賢の問題の中に端的に表れています。それは個我を優先させて生きる、生死を賭しても自分の生き方を貫いている自由人の姿です。それぞれの個我がそれぞれの生き方と精神を貫いて生きている他者との絆でもあるのですから、当然のこと、決して簡単には七賢をひとくくりできないという点です。

山濤が反体制を貫く嵆康を心配して善意から体制内に入るように事を進めようとしたとき、嵆康が山濤に絶交書を送ります［34］・［35］。そのときの文章の中に「君子は百行するに、塗（みち）を殊（こと）にして致（ち）を同じくし、性に循（したが）ひて動き、各おの安（やす）んずる所に附く」（君子たるものは様々な生き方をする。進む方向は違っていても、しかし自分の信じる道を生きるという点では同じだ。それぞれが自分の本性のままに行動し、それぞれが心の本懐に行き着くのだ）、そうであるから、「夫（そ）れ人の相知るは、その天性を識り、因りて之を済（な）すを貴ぶ」（そもそも交友において相手を真に理解するとは、まずは相手の天性を心底理解し、相手がその天性を生かして存分に生きていくことができるようにしてやることが交友の基本だ）、それが人と人との絆であると言っています。そこでは体制内存在である山濤自身の生き方を決して責めるのでなく、役人失格の性癖と思想をもっている自分という人間の本質を、実は君はご存じなかったから、もはや友情関係は成り立たないとして、山濤と絶交したのでした。この嵆康の精神が、七賢の絆の原点であったことがよく分かります。自己認識を徹底しながら同時に他者認識にあっては相対的なのです。思想存在である知識人にとっての他者認識とは、上記のようで、これが竹林の七賢と称された人たちの思想的な「契」（交遊）、つまり全人格的存在としての「志」（精神）的繋がりであったということなのです。

彼らが生きた時代は三国の魏から晋への交代期でした。曹操によって築かれた魏は正式には息子の曹丕の代になって、後漢の献帝から禅譲されたという形で二二〇年に魏王朝がはじまるのですが、それも四十五年の短命で、後漢から魏への簒奪劇をならう形で、魏は晋に取って代えられるのです。その過程は次のようです。

魏が成立して文帝（曹丕）、明帝（曹叡）と続いたとき、二三九年に明帝が崩御し、その遺言によって、曹室を代表する曹爽と、有力豪族の司馬懿とに、後継の幼い皇帝曹芳が託されます。すぐに両者の確執がはじまる第一期で、それは十年後に司馬懿による曹爽一派の誅殺で決着します。ここから十六年かけて、禅譲という王朝簒奪劇が司馬懿、その長子司馬師、その弟司馬昭、その長子司馬炎の三代四名によって繰り広げられていきます。まずは司馬一族に抵抗しようとした者たちを武力鎮圧する第二期、次には魏の繁栄を支えてきた賢者に時代を譲るという、禅譲のための世論作り、そこでの厳しい思想弾圧の第三期を経て、ようやく最終期を迎えます。司馬昭は相国、晋公から、晋王になり、二六五年死去した司馬昭を継いで晋王になった司馬炎に、魏の最後の皇帝元帝（常道郷公曹奐）が禅譲し、晋朝が正式に成立しました。その間、曹芳は廃されて斉王となり、次いで高貴郷公曹髦が即位し、その高貴郷公は「司馬昭の心は、路人 皆 知るなり」（『三国志』三少帝紀注所引『漢晋春秋』）と言って宮中から討って出てあっけなく殺害され、そして最後の皇帝が元帝だったのです。司馬氏の絶対権力にすべての者がなびき、沈黙します。お先棒を担ぐ俗物たちから糾弾され監視され続けた七賢の面々は、生命の危険と決断の苦渋とを生きなければならなかったのでした。それぞれが思いのままに自然体で生きることを切実に願いながら、決して権力世界の枠の外に出られない生涯を送らざるを得ないのでした。強烈な反俗の姿勢と、同時に実りある内面を頑なに保ちつつ主体的に生きることを願った彼らは互いに深く共感し、支え合ったと言えます。ただし、同じく自然なる生を求めるとは言え、その生は決して同じように生きたわけではありませんでした。

端的な生の姿として、権力者の欺瞞にとうてい耐えられない嵆康は体制から身を引き、決して司馬昭の下には仕えませんでした。そのため彼は思想弾圧され、公開処刑されます。対照的なのは山濤です。彼は司馬一族の権力奪取が確実になったのを見届けてからは、司馬体制の中に積極的に関わり、有力な良識派として晋朝成立に関わり、建国後も時代の中枢にいて手腕を発揮します。阮籍は司馬懿が曹爽を殺してからは司馬懿、司馬師、司馬昭の直属の部下として生きながら、しかし司馬体制を推進する俗物、それは「礼法の士」とよばれる連中でしたが、彼らを白眼視するという態度を崩すことなく、言ってみれば体制に即かず離れずの姿勢を持ち続けました。晋朝成立を前に嵆康が処刑され、阮籍が病没すると、劉伶や、阮咸、向秀は新時代を拒否したという形は取らず仕官していますが、いずれもうだつが上がらない後半生であったようです。ひとり一番若く名門出の王戎は山濤同様晋朝で高官につきますが、晩年にはドケチとして自己韜晦したように、不本意な人生を送っていることを見せつけています。

時代情況の中の、その折々の七賢の様相については、具体的な逸話で述べるようにしていますが、随時、その苛酷極まりない時代の推移についてては巻末の年表も参照していただきたく思います。

第一章

慟哭する阮籍(げんせき)

（一）推し量れない青年

［2］

阮籍、字嗣宗、陳留尉氏人、阮瑀子也。宏達不羈、不拘礼俗。兗州刺史王昶請与相見、終日不得与言。昶愧歎之、自以不能測也。口不論事、自然高邁。

（徳行第一・15注所引魏氏春秋）

阮籍、字は嗣宗、陳留尉氏の人にして、阮瑀の子なり。宏達にして不羈、礼俗に拘せられず。兗州刺史王昶は与に相見んことを請ふも、終日与に言ふを得ず。昶は之を愧歎し、自ら測る能はずと以ふなり。口に事を論ぜず、自然にして高邁なり。

○陳留尉氏　陳留郡（河南省開封）尉氏県。

○阮瑀（?－二一二）字は元瑜。建安七子の一人。曹操の幕下で、司空軍謀祭酒として文書や檄文を書いた。

○宏達不羈　心が広く大きく、外物に拘束されない言動をとる。

○王昶（?－二五九）字は文舒。後に、魏の司空。

○「徳行」篇名。徳ある人の行為の話。

○『魏氏春秋』『隋書』経籍志二に、「二〇巻。（東晋）孫盛撰。」孫盛（三〇二－三七三）、字は安回。

【現代語訳】　阮籍、字は嗣宗、陳留尉氏の人で、阮瑀の子である。その人となりは心広く闊達で何ものにもこだわらず、世間の礼法に縛られなかった。兗州刺史の王昶が会見を求めたが、（会っても）一日中何もしゃべらなかった。王昶は恥じつつ感歎し、自分にはこの若者を推し量ることができないと思った。（このように阮籍は生涯にわたって）決して国事・人事について論評せず、自然にして高邁な人柄だった。

【解説】　本文は劉孝標の注が引く『魏氏春秋』による文章です。阮籍の父の阮瑀はいわゆる建安七子の一人で、曹操の書記として活躍しました。彼は二一二年に病没しますが、そのとき曹丕（ひ）（後の魏の初代皇帝文帝）及び王粲（さん）、丁廙（ていよく）の妻が、阮瑀の妻の悲しみをうたった賦や詩を現在に残しています。そのうちの一つ、曹丕の「寡婦の賦（ふ）」（『芸文類聚（げいもんるいじゅう）』巻三四収載）の序文には、「遺孤」である阮籍はわずか数え三歳、母親に抱かれていたと、印象深く表現されています。

　正史の『晋書（しんじょ）』の阮籍伝によれば、青少年時代の阮籍は、何日も部屋に閉じこもって読書したかとおもうと、山歩きに没頭したりして、いつも得意然と我を忘れていたかのようで、皆から「痴（ち）」（馬鹿者）と言われていましたが、ただ一人、族兄の阮文業だけは自分よりもすぐれた男だと評価したので、一族の中での評価は変わったと言われています。

　王昶が兗州（山東省）の刺史となったのは二二〇年から二二六年ですから、阮籍が叔父に連れられ、東郡にやってきたのは十六歳以前の少年でした。王昶を訪ねることが叔父自身の直接の目的であったのでしょうが、おそらく一族の年配者が見聞を広めさせようと旅に連れてきていた阮籍を、王昶はその会見の場に加わらせました。叔父からの阮籍評を聞いたからでしょうか、地方長官として大物であった王昶からすれば、どれどれその若者を見てやろうと関心を持ったのです。そのときのやりとりは、世間的には一種の人材登用の予備面接のような機会でした。王昶はいろいろ話しかけますが、少年は最初から最後まで一言も発しません。そのとき、何も話さない少年から、推し量ることの出来ない存在の大きさを、王昶は感受したのでした。この文の叙述者は文の後半に、後の阮籍の生涯に顕著な、何も時世を論じようとしない、その俗っ気のまったくない「高邁」さを評していますから、おそらく王昶は彼が将来必ず超俗の傑物となることをいち早く予感したのでしょう。

ここには王昶という長官から認知されたという資料的価値だけではなく、ほほえましい人間関係の成立の一場面が描かれています。というのは、同時にこの文章から、そのような少年を一挙に見分ける王昶の見識と度量の大きな人格としてのイメージも確かに伝わるからです。つまり、この文章は、阮籍を褒め、そして阮籍を褒める王昶も褒めているのですから、筆者には読んでいて爽やかでたのしい一場が印象づけられます。

なお、青年時代のエピソードはその他には伝わらず、その後二四二年太尉となった蔣済（しょうせい）（?－二四九）が郷里に引きこもったままの三十三歳の阮籍を招いたときまでの事跡については知られていません。成人になってもなかなか仕官しないところから世務に興味を示さず、山水に遊び、読書に耽る、世に出ることにまったく熱心でない性格と考えの持ち主でした。それでいていきなりのように都の一等の高官の招聘にあう、というのですから、超俗の傑物ぶりは徹底し、人間として高い評価がすでに都に伝わっていたということになります。

（二）苛烈な反礼行為

［3］阮籍嫂嘗還レ家、籍見与レ別。或譏レ之。籍曰、「礼豈為二我輩一設也。」（任誕二三・7）

阮籍の嫂（あによめ）嘗（かつ）て家に還るに、籍は見て別れを与ふ。或（ある）ひと之を譏（そし）る。籍曰く、「礼は豈（あ）に我が輩の為（ため）に設けんや」と。

○譏之　義姉の部屋を訪れて別れを告げたことを、礼法に反するとして非難した。

○「任誕」　篇名。自由気ままに生きている話。

【現代語訳】 阮籍の嫂がかつて（夫を亡くして）実家に戻るときに、阮籍は（嫂の部屋に行き）顔を見て別れの言葉を述べた。ある人がこの行為を非難した。すると阮籍は、「礼法などというものはどうして我が輩のために設けられたものであろうか」と言った。

【解説】 時代を支配する礼教に対して激しく反撥する阮籍の行為は、『世説新語』任誕篇に次々に載せられ、竹林の七賢を代表する話としてよく知られています。以下の[8]までは、任誕篇とその注が載せる話です。

阮籍の兄阮熙（阮咸の父親）は『晋書』阮咸伝によれば最終的には武都太守になっていますが、その彼が亡くなったので、兄嫁が実家に戻るときのことです。いよいよ別れの日、阮籍は兄嫁の部屋まで行って別れを告げます。『礼記』曲礼上に、「嫂（あによめ）と叔（義理の弟）とは通問せず（部屋を尋ねていって挨拶する、などしてはならない）」とある礼法に反する行為だ、と礼にうるさい人から非難されます。それに対して阮籍は、そんな礼など知ったことか、と言葉を投げつけたのです。礼の基本は自己の心情を形として表に表すためにこそある、というのが真意で、むしろ礼そのものの本来の姿を忘れた形骸化した束縛に我慢がならないとしたのでした。

［4］阮公隣家婦有㆓美色㆒、当㆑壚酤㆑酒。阮与㆓王安豊㆒常従㆑婦飲㆑酒。阮酔、便眠㆓其婦側㆒。夫始殊疑㆑之、伺察、終無㆓他意㆒。（任誕第二三・8）

○当壚　壚（土を積み上げて高くしたところ）で。
○王安豊　王戎は後に安豊侯に封ぜられた。第七章を参照。
○便　「すなわち」と読み慣わしているが、「たち阮公の隣家の婦美色有り、壚に当たりて酒を酤る。阮は王安豊と常に婦に従ひて酒を飲む。阮酔へば、便ち其の婦の側に眠る。夫は始め殊に之を疑ひ、伺察するに、終に他意無し。

【現代語訳】 阮公（阮籍どの）の近隣の家の奥さんはとても美人で、酒場の盛り土カウンターの所で酒を売っていた。阮籍は王安豊（王戎）といつも連れ立って酒を飲んだ。阮籍は酔いがまわると、（決まって）すぐにその奥さんの側で眠ってしまった。奥さんの夫ははじめのうちとても阮籍を疑って、ずっと様子を窺っていたが、最後まで阮籍に他意はなかったのである。

【解説】 酒場の女将の夫に、極度に怪しいと疑わせておいた分、女性への下心などこれっぽちもないきれいな酒飲みであったことを強く印象づける、阮籍のパフォーマンスでした。俗人の臆測を逆手にとって逆転し、自己の本分のままに存分に自然に生きてあることを、きわめて意識的に世間に見せつける阮籍の行為だったのでした。

まち」「すぐに」の意。
○殊　特別に。ことさらに。
○伺察　様子をうかがい見る。

［5］

籍隣家処子有才色、未嫁而卒。籍与無親、生不相識、尽哀而去。其達而無検、皆此類也。

（同注所引王隠晋書）

○処子　処女。
○卒　死ぬ。漢音で「シュツ」。この意で「ソツ」と読むのは慣習音。
○達而無検　自由で、世間のタブーに拘らない。
○王隠『晋書』『隋書』経

籍の隣家の処子は才色有り、未だ嫁せずして卒す。籍は与に親無く、生に相識らざるも、哀を尽くして去る。其の達にして検無きこと、皆此の類なり。

籍志二に「八六巻。（東）晋の著作郎・王隠撰。」王隠（?－?）、字は処叔。

【現代語訳】 阮籍の近隣の家の生娘は美しい才女だったが、まだ嫁にも行かないうちに亡くなってしまった。阮籍はその家と日頃親しかったというわけではなく、また生前の彼女とも知り合いでもなかったが、弔問に出かけて哀しみの言葉を尽くして帰った。阮籍はこの例のように、自分の思いにまかせて振る舞い、まったく世間の常識にとらわれない人であったのである。

【解説】 [4]の本文の劉孝標注が引く東晋・王隠の『晋書』からの引用です。日頃付き合いもない近隣の家の生娘が未婚のまま亡くなったのを、阮籍はひたすら哀傷するほどピュアな男だった、ということを見せつけます。この処女性への並外れた哀惜の根っこには母性への執着――父親を幼い頃亡くしたことによる人一倍強い母性への真情と切り離せないものがあったに違いありません。なお、本文の「隣家の処子」を、正史『晋書』阮籍伝は「兵家の女」としています。

（三）母の死と喪中の阮籍

［6］阮籍当ㇾ葬ㇾ母、蒸二一肥豚一、飲酒二斗、然

○二斗　当時の「一斗」は現在の一升に相当し、約

後臨レ訣、直言、「窮矣」。都得二一号一、因吐レ血、廃頓良久。（任誕第二三・9）

阮籍は母を葬るに当たり、一肥豚を蒸し、飲酒二斗、然る後に訣れに臨み、直だ言ふ、「窮せり」と。都て一号を得て、因りて血を吐き、廃頓すること良久しくす。

○窮矣　お仕舞いだ。駄目！「矣」は、言い切りの語気を表す助字。

○廃頓　死人のようにぐったりとする。

【現代語訳】　阮籍は母親の葬儀に、まるまる一頭の肥えた豚を蒸して食らい、二斗の酒を飲んだ後、母との最後の別れに臨むと、ただ一言、「おわりだ」と言った。それだけ言うと、慟哭し、それで血を吐き、しばらく廃人のように意識を失っていた。

【解説】　物心のつかないうちに父を亡くした阮籍にとって、言いつくせぬほどの母への傾倒だったでしょう。生前の母との関係を語ったものは他に残されていないのですが、母の死をめぐる激烈な話から、それは十分すぎるほど伝わります。

阮籍がいつ母親と死別したか、正式には分からないのですが、ともかく司馬昭の幕下にいたときです（一説に二五五年、四十六歳説があります）。葬礼は言うまでもなく儒教の根幹をなすものとして、喪主である士人の言動が礼にかなうものであるかどうか、注視の目がたえず向けられており、事と次第ではきわめて論議を呼ぶものでした。それに対し阮籍の場合、むしろ自分の方から論議が沸騰するように露骨に見せつけます。本文では、喪主である阮籍が肉を食らい、酒を浴びるほど飲み、激しい非礼のパフォーマンスをした後で、ドバッと血を吐いて意識を失ってしまいます。そのようにいったん周りを呆れさせておいてから、母を思う真情が最高度に示されるのです。この見せつけんばかりに具体的に示された阮籍の真情は、たしかに多分の演技性から示されたものに違いないのですが、単なる演出を超えて衝撃的なのは、そのとき阮籍が吐いた血の量が母を亡くした悲しみの量としてまことに生々しく印象づけられるからです。オーバー過ぎて到底現実とは思えない鮮烈な行為によってのみ、自己の存在のすべてで哀しむ真情を表出する、生身の言動の表現者を見る思いです。それはすでに現実を超えた仮構（嘘）の世界の次元なのです。

［7］籍母将死、与人囲棋、未決。対者求止、籍不肯、留与決賭。既而飲酒三斗、挙声一号、吐血数升、廃頓久之。

（同注所引鄧粲晋紀）

籍の母 将に死せんとするに、人と囲棋し、未だ決せず。対者 止むを求むるも、籍は肯んぜず、留りて与に賭を決す。既にして飲酒三斗、声を挙げて一号し、血を吐くこと数升、廃頓すること之を久しくす。

○三斗　ここでは、本文[6]にある「二斗」と異なる。
○一号　一声、号泣する。
○数升　当時の「一升」は現在の一合に相当する。
○鄧粲　『晋紀』『隋書』経籍志二に、「一一巻、（東）晋・荊州別駕の鄧粲（？－？）撰。」

【現代語訳】　母親の臨終の報せが入ったとき、阮籍は人と碁をうっていて、勝敗がまだ決していなかった。相手が止めましょうと求めたけれど、阮籍は承知せず、そのまま（碁盤から）離れず、勝敗を決した。勝敗が決まり（亡き母と対面して）阮籍は酒を三斗飲んだかと思うと、一声を挙げて泣き、数升の血をどばっと吐いて、まるで廃人のように長い時間崩れていたのだった。

【解説】 [6]の本文の注が引く鄧粲『晋紀』に載せる話です。ある人と囲碁をして遊んでいたところへ、母の危篤の知らせがくる。すぐさま止めようとする相手を阮籍は押しとどめて勝負を続行する。何てひどい息子か、と傍目に思わせておいた上で、勝敗が決着してから母の臨終の床に行き、三斗の酒をあおり、一声号泣したかと思うと、数升の血をドバッと吐く。どこまでも悲しみは過剰で、しかも生々しくリアルです。かつて鈴木修次は、阮籍は嵆康のようには刑死させられなかったけれども、情況を生きることを強いられるストレスは大きく、そのために酒で胃を壊していたが「それは一種の自殺行為ですらある」という趣旨の発言をしています（『東書国語』第一三四号「竹林の七賢（下）」）が、この阮籍胃潰瘍死亡説はきわめて面白いと思います。血塗られた時代を生きなければならぬ阮籍のストレスはそれほどまでに生々しく、彼のパフォーマンスは自己韜晦などといった解釈ですましおおせるものではありませんでした。

なお、母親への思いの深さは、『晋書』阮籍伝で、従事中郎として大将軍の司馬昭の幕府に侍っていたときの発言とそのやりとりの寸劇の中にも示されています。ある役人が母を殺したひどい男がいると報告したのを聞いた阮籍は、「嘻（ああ）、父を殺すは乃ち可（か）なり（まあまあなんとか理解できるが）、母を殺すに至れるか」とことさらに言うのです。もちろん座に居並ぶ者は阮籍が父親殺しを「可」と喚いたことに激しく反応し、物議を醸します。不穏な空気に司馬昭が「父を殺すは天下の極悪なり。而（しか）るに（それなのに君は）以て可と為すか」と弁明を求めると、阮籍は「禽獣は母を知りて父を知らず。父を殺すは、禽獣の類なり。母を殺すは、禽獣にすら之（これ）若（し）かず（禽獣にも劣る）」と言ってのけたのでした。この話も一度は、何てひどいことを言うのか、と物議を醸しておいた上で、母親を殺したことへの怒りを何倍にもして強調することになります。反礼行為にうつろうと、実は礼そのものの発露の源を忘れてはならないことを強調している逆転の発想を用いたレトリックで、その効果を見事に演じた、権力者と礼法の士に包囲された阮籍の日常であったのです。

［8］

阮歩兵喪母、裴令公往弔之。阮方酔、散髪坐牀、箕踞不哭。裴至、下席於地、哭弔喭畢、便去。或問裴、「凡弔、主人哭、客乃為礼。阮既不哭、君何為哭。」裴曰、「阮方外之人、故不崇礼制。我輩俗中人、故以儀軌自居。」時人歎為両得其中。（任誕第二三・11）

阮歩兵 母を喪ふに、裴令公は往きて之を弔す。阮は方に酔ひ、髪を散じて牀に坐し、箕踞して哭さず。裴は至りて、地に下席し、哭して弔喭し畢りて、便ち去る。或るひと裴に問ふ、「凡そ弔するは、主人 哭して、客乃ち礼を為す。阮既に哭さず、君 何為れぞ哭する」と。裴曰はく、「阮は方外の人なり、故に礼制を崇ばず。我が輩は俗中の人なり、故に儀軌を以て自ら居る」と。時人 歎じて両ながら其の中を得たりと為す。

○阮歩兵　阮籍のこと。［17］を参照。
○裴令公　裴楷（二三七－二九一）、字は叔則。西晋の中書令となったので、「裴令公」と呼ぶ。
○牀　床からすこし高くなった座席。または、ベッド代わりの長椅子。
○箕踞　両足を投げ出して座る。あぐらをかく。
○下席於地　一段低い床の敷物に席をとる。
○哭　死者を哀しむ哭礼。
○方外之人　世俗の礼教規範の外に住む人間。「方外」は、『荘子』大宗師篇に孔子が言う「彼は方外の人なり、而うして丘（孔子の本名）は方内の人なり」から出た語。
○儀軌　礼儀の基本。

【現代語訳】　阮歩兵（阮籍）が母親を亡くしたとき、裴令公（裴楷）は出かけて行って弔った。そのとき阮籍はちょうど酔っていて、髪はざんばらで座席に座り込み、足を投げ出したままで（喪主の礼として哭さなければならないのに）哭さなかった。裴楷はやってくると、下方の座席で哭し、そして（阮籍に対して）弔いの言葉を言い終わると、すぐにその場を立ち去った。（この間のやりとりについて）ある人が裴楷に問いただした、「そもそも弔いする場合は、まず喪主が哭して、その後に弔問客がはじめて礼を尽くすものです。（だのに喪主である）阮籍は哭さなかったのだから、あなたはどうして哭したのですか」と。裴楷は言った、「阮籍どのは方外を生きている人です、だから礼制なるものを尊いと思わないのです。それに対してわが輩はこの俗世間を生きている者です、だから決まり事に従って振る舞ったまでです」と。時の人たちは裴楷の言葉に感心して、二人ともそれぞれ（自分の生き方に）納得いく振る舞いをしたのだ、とした。

【解説】　後に晋の中書令となった裴楷はこのとき弱冠二十歳、阮籍は四十六歳、二回り以上の年齢差でした。阮籍の母の弔問にやってきたとき、酔った阮籍はザンバラ髪で喪主としての哭礼も尽くさない。それに対してひとり裴楷はきちんと礼法にかなった哭礼を行って、すむと直ちにその場を離れます。日頃から礼法を無視する阮籍を糾弾したい礼法の士たちは、阮籍に対する憎悪を成人したての裴楷に向け変え、若者に教育せんとばかり問い詰めます、喪主としての哭礼をとらない輩に、なぜに哭礼したのかと。本文の話は、放達の阮籍の行為はどこまでも阮籍らしいし、同時にまた、方外の人に対しても自分は自分らしく方内の人間としての礼を信念を持って貫いた裴楷もまた士人としてすばらしい、との高い世評を得たとしています。

俗物ばかりが幾重にも層をなす体制内（俗中）を生きる者たちの中にも、生きる者としての道義があるのだ、という信念を捨てない姿勢を示した裴楷や、彼を評価する良識派もたしかに存在していたのでした。ところで、阮籍の立場から言えば、方外に生きようとして生きることができず、同じく方内での生を強いられているのですから、裴楷のような良識派はそういう自分を理屈の上では「方外の人」として棚上げしてしまっていることになります。裴楷も方内を優等生として振る舞うまでに精一杯生きているには違いないが、しかし方内にいやいや身を置かざるを得ない阮籍の苦しさに目をつむっており、良識派たる自己を疑わない地点に立たせてしまっていることでもあります。もちろんこれがいわゆる体制の良識派たる所以で、それもまた礼法の士が幅を利かせる苛酷な情況での、彼らをセーブする大事な立ち位置ではありました。彼らが時代の流れに抗することがなかった点は、方外の士となれずに無力な、そして感傷的な「詠懐詩」群を書いているだけの存在である阮籍と、やはり同じであると言えば同じなのですが。

なお、裴楷はどちらかといえば、その生涯は恬淡とした性格で一貫していました。「俗中」にいることを自覚していますが、それがどうかしたか、と居直る人ではありませんでした。誰もが並の処世態度でなく、それぞれが自己の責任において生きているのです。「徳行篇」・18では『老子』七七章の、「余りあるを損して足らざるを補ふは天の道なり」という理想を体現する政治家であったとしています。

(四) 「白眼」と「青眼」

[9]

嵆喜、字公穆、歴揚州刺史。康兄也。阮籍遭喪、往弔之。籍能為青白眼。見凡俗之士、以白眼対之。及喜往、籍不哭、

○嵆喜 (?―?) 字は公穆。嵆康の兄。西晋の揚州刺史。
○嵆康 (二二三―二六二) 字は叔夜。第二章を参照。
○青白眼 白眼は、軽蔑す

見二其白眼一。喜不レ懌而退。康聞レ之、乃齎レ酒挾レ琴而造レ之、遂相与善。」（簡傲第二四・4注所引晋百官名）

嵇喜、字は公穆、揚州刺史を歴たり。康の兄なり。阮籍の喪に遭ふや、往きて之を弔ふ。籍は能く青白眼を為す。凡俗の士を見れば、白眼を以て之に対す。喜の往くに及ぶや、籍は哭さず、其の白眼を見はす。喜は懌ばずして退く。康は之を聞くや、乃ち酒を齎し琴を挟みて之に造り、遂くて相与に善し。

る意を示す白目。青眼は、歓迎する意を示す黒目。青は、きらきら黒目を輝かす色をいう。

○遂　そうして、そのまま。「終に」（とうとう、最後には）と区別するために「かくて」と訓む。

○「簡傲」　篇名。他者に対して傲慢に振る舞う話。

○『晋百官名』　『隋書』経籍志二に「三〇巻」、撰者の記載はない。

【現代語訳】　嵇喜は、字を公穆といい、揚州刺史を務めた。嵇康の兄である。阮籍が喪中にあるとき、嵇喜は弔いに出かけた。（もともと）阮籍は青眼と白眼を使い分けることができ、凡俗の士を見ると、白眼でにらみつけた。（このときも）嵇喜がやってくると、阮籍は哭さず、白眼をみせた。嵇喜はおもしろくなく退出した。兄からこのことを聞いた嵇康は、なんとまあ（弔問の際には考えられないことだが）酒を用意し、琴を小脇に挟んで阮籍のところにやってきた。（すると阮籍は青眼をあらわして迎え入れて）、そうしてそのまま意気投合したのである。

【解説】　後述する[31]で呂安から軽蔑された嵇喜について述べている簡傲篇、その注が引く『晋百官名』の文章が本文で、ここでは嵇喜は阮籍から軽蔑され、そうしてその兄が軽蔑されたのを契機に、阮籍と嵇康が知り合いになったことを伝えています。そのとき阮籍が白眼と青眼とを使い分けた話としてよく知られています。

ここも母親の喪中の時ですから、一説には二五五年あたりとします。それなら阮籍は四十六歳頃、嵆康は三十三歳頃です。嵆康の刑死は七年後、阮籍の病死は八年後であり、二人の交友は後半生のものであるということになります。その頃嵆康は、二十七歳で中散大夫を辞任した後、そのまま洛陽に居たり、河内（かだい）郡山陽（河南省）の地に滞在したりの生活を繰り返していたようです。兄の嵆喜は司馬氏親子の権力がふくれあがる官界に出仕し、本文で阮籍から白眼視されるように「凡俗（礼法）の士」の一員と見なされるほどですから、嵆康とは正反対の出処進退でした。しかし出仕に際し嵆康が兄に贈った連作の詩での嵆康の発言を見ると、生き方を違えることになる兄との別れを残念がりはしますが、兄を批判する厳しい発言はなく、兄弟の間に繋がりが絶たれたわけではありませんでした。むしろ生涯変わらず親愛を寄せあっていたと言っていいでしょう。ただ、阮籍に無視されて帰ってきた兄を見て、即座に阮籍に意気の通じる感情を抱き、酒と琴とをもって弔問に出かけるのですから、兄の処世に対しては兄の領域、しかし自分は自分を貫くばかりだとする己に対する信念と厳しさを持っていました。ここにも思想と感情とにおける複雑にして同時に、志に価値の第一を置く嵆康を見ることができるでしょう。兄に対しての親愛は終生変わらない、兄の自分への慈愛が己なるものを形成したことに感謝し、兄の生き方に否（ノン）をたたきつけることもないのです。

白眼視された嵆喜は、前に見た裴楷とはちがって、礼が成立しないことに怒って退出します。それを知った嵆康が弔問の礼に反する酒を持ち、琴を小脇にして出かけたきたのを見て、恐らくは初対面であったろう嵆康に対して阮籍は青眼でもって迎えます。青眼とは、もちろん阮籍が瞳の色が青く、中央アジア系の血を引いていたというわけではありません。澄んだ黒目をキラキラさせて共感できる人物だと嵆康にラブコールを返したのです。最近ある人が白眼に対して普通の目で迎えたと書いているのを目にしましたが、それではこのときのやりとりがまったくリアルには伝わらず、話としては面白くない。キラキラと瞳を輝かせて歓迎の表情を、青眼から読み取らなければならないでしょう。黒い目をキラキラさせて輝かせ、嵆康の前にいたのです。なお、本文では「籍能青白眼」と書くだけですが、本文をもとにした正史の

『晋書』阮籍伝では、嵆康が酒と琴を持ってやってくると、「籍は大いに悦び、乃ち青眼を見(あら)はす」と書き留めています。よく知られるように『徒然草』一七〇段にも兼好は「阮籍が青き眼、誰もあるべきことなり」と記したのです。

なお、白眼は「白眼視」とか「白い眼で見られた」とか使われていますが、現在の使われ方は、立場の弱い者や孤立している者とかが立場の強い者や数の多い者から、「白い眼で見られる」と軽蔑されたり無視されたりする場合に使用されるのがほとんどです。しかし阮籍の場合は、まったく立場は逆なのです。社会的、世間的には力を持つ多数の体制側や俗物たちに孤立させられている者が示す、反撥の意思表示で、否(ノン)の声なのです。

ところで白眼はそもそもどのようになされるイメージなのでしょうか。どのようにすれば白眼をひんむいて対象をにらみつけるのでしょうか。分かったようで分からない、難しい仕草です。そういった疑問を持ちますが、並の人が真似できない、それほどまでに激しい否の意思表示であったということなのでしょう。世の中をはすかいに見るというのでは足らない、白眼で直視してにらみつける――社会的にはいつも視られている存在でしかない者がにらみつける――阮籍の強い反抗精神に、筆者は想いを寄せる者です。

（五）司馬昭と阮籍

[10] 晋文王功徳盛大、坐席厳敬、擬二於王者一。唯阮籍在レ坐、箕踞嘯歌、酣放自若。（簡傲第二四・1）

○晋文王　司馬昭（二一一―二六五）、字は子上。司馬懿(い)の次子で、司馬師の同母弟。二六四年に晋晋の文王は功徳盛大にして、坐席は厳敬、王者に擬す。唯だ阮籍のみ坐に在りて、箕踞嘯歌し、酣放自若たり。

王になった。
○擬王者　まだ大将軍のときから、すでに皆が王者のようにみなした。
○嘯歌　開放的に腹の底から出す声を引き延ばし、歌をうたう。
○酣放自若　存分に酒に酔い、泰然自若としている。

【現代語訳】　晋の文王（司馬昭）は功績もあり人徳もあり、設えられた座席はたいそう厳めしく、まるで王者の坐場を思わせるものであった。（多くの者はその威厳に圧倒されて控えていたが、）ただひとり阮籍だけはその場にあっても、あぐらをかいて気ままに嘯したり歌ったり、酒に酔って泰然自若であった。

【解説】　阮籍は青年期に入っても郷里にとどまり、出仕をめぐる記載はいっさい見られません。阮籍の脱俗精神は本物で、それを貫いていました。三十三歳の時、三公のトップである太尉となったばかりの蔣済からの招請があり、出仕を強く勧める親族にも腰の重い阮籍でしたが、説得にしぶしぶ応じたというかたちで都洛陽に出かけて行きます。都の旅籠に着いた報告を受けた蔣済が喜んですぐに迎えをやったというのですから、出仕に関して難しい男だとすでに知られており、だからこそ蔣済は幕下に引き入れようとしたのです。迎えの者と入れ違いに、蔣済のもとに阮籍からの断りの手紙が届きます。「蔣公に詣る」（『文選』巻四〇・奏記）という文章が残っていて、自分は役人には向いていない、その上病気持ちだとする文面でした。それならどうして都に出向いたのか、いろいろ理由は考えられますが、なかなか複雑です。郷里に戻ってきた阮籍をまた親族は強く説得し、結局都に出向き蒋済の幕僚になります。『晋書』阮籍伝では、すぐに病気を理由に辞任してしまっているのですから、ますますわかりにくい男ということになります。蒋済は司馬懿を支える筆頭の高官でした。同じく『晋書』によれば阮籍はほどなく、今度は司馬懿と確執のあった曹爽の下で仕えますが、そこもまた病気を理由にすぐに辞めています。この間は曹爽と司馬懿との確執がもっとも熾烈な時期で、阮籍が四十歳の時、曹爽が司馬懿側に一掃されますが、前もって曹爽の幕下を辞していたことを、世間は阮籍の「遠識」に感心したと伝えられています。とにかく司馬懿と曹爽の正始末の抗争にそのどちらからも誘われ、どちらに対しても曖昧で距離を置こうとしていたことがよくわかります。

司馬懿側の勝利が確定すると、以後、阮籍は一貫して司馬懿、司馬師、司馬昭の直属の部下として生きていきます。しかも、本当は俗物たちと一緒のような生き方は本意ではないことをあからさまな態度で表明しながらの、阮籍独特の不即不離の生き方を通します。あくまでも権力の中枢から離れた反体制的な処世ではなく、絶対化へと推進する権力の庇護下にあっての苦難の処世なのでした。特に禅譲が誰の目にも明らかな、王朝簒奪の過程を着々と進めていく司馬昭の代には綱渡り的な保身の姿に徹し、最終的態度を迫る礼法の士を激しく怒らせるものでした。本文はそのような「王者に擬せられる」司馬昭のまわりに集まった厳粛な場にあって、ちゃっかりとそこにいることはいても、そのような場にはふさわしからぬ態度を敢えてとってはしばしば顰蹙を買う姿を簡潔に伝えています。

[11]

阮籍遭㆓母喪㆒、在㆓晋文王坐㆒、進㆓酒肉㆒。司隷何曽亦在㆑坐曰、「明公方以㆑孝治㆓天下㆒。而阮籍以㆓重喪㆒、顕㆓於公坐㆒、飲㆑酒食㆑

○司隷　司隷校尉（都の治安維持責任者。警視総監のような役割をした）。
○何曽　（一九九–二七八）字は頴考（えいこう）。魏の司徒・西晋の太尉。

肉。宜下流二之海外一、以正中風教上」文王曰、「嗣宗毀頓如レ此。君不レ能二共憂レ之、何謂。且有レ疾而飲レ酒食レ肉、固喪礼也。」籍飲噉不レ輟、神色自若。

（任誕第二三・2）

阮籍は母の喪に遭ひ、晋の文王の坐に在りて、酒肉を進む。司隷の何曽も亦た坐に在りて曰はく、「明公は方に孝を以て天下を治む。而るに阮籍は重喪を以て、公の坐に顕れ、酒を飲み肉を食らふ。宜しく之を海外に流して、以て風教を正すべし」と。文王曰はく、「嗣宗は毀頓すること此くの如し。君の共に之を憂ふる能はざるは、何の謂ぞや。且つ疾有りて酒を飲み肉を食らふは、固より喪礼なり」と。籍は飲み噉らひして輟めず、神色自若たり。

○明公　との。権力者に呼びかける二人称。
○重喪　親の喪中。
○風教　この世界でのあるべき教え。風紀。
○毀頓　すっかりやつれはてているさま。
○喪礼　喪にあるとき、とるべき礼。
○神色自若　落ち着きはらって平然としている。

【現代語訳】　阮籍は母親が亡くなった喪中のときも、晋の文王（司馬昭）の（多くの者が集まる）座に出かけて行っては、酒は飲むは肉は食らうはしていた。司隷校尉の何曽もその座にいて、文王に言った、「明公は日ごろ孝の倫理を掲げて天下を治めておられます。それなのに阮籍は親の喪中という一番大事なときに、ぬけぬけと明公の座にあって、酒を飲み肉を食らっております。明公におかれては、この男を四海の外に追放して、世の教えを正すのがよろしかろうと存じます」と。すると文王は言った、「嗣宗（阮籍）はあんなにやせ衰えているではないか。きみが彼と一緒に悲しんでやれないのは、どうしてなんだ。その上、喪中にあって病気になったときには、酒を飲んだり肉を食らったりするのは、（それもまた）もともと喪礼にかなったことなのだから」と。（そのやりとりの最中も）阮籍は酒を飲み肉を食らうことを止めず、まったく何事もないかのようにそしらぬ顔で落ち着き払っていた。

【解説】　阮籍は司馬権力に対して絶妙な不即不離の態度をとり続けますが、王朝簒奪の長い過程で一度も辞任することなく司馬懿、司馬師、司馬昭の直属でした。とくに司馬昭幕下にあっては、酒が飲めるからということを口実に公私の場に顔を出しては、政治的な立場を明らかにすることない態度を決め込んでいました。時は魏から晋への禅譲劇の進行中、司馬昭の側近、取り巻きという圧倒的な勢力の推進役たち、それが礼法の士ですが、彼らにとってはなんともはや煮え切らない、身勝手で、自分たちを俗物と露骨に軽蔑する仇敵なのでした。そういう意味では阮籍は一貫して、糾弾される危機を逆手にとって保身（生命を全うして自分としてしっかり生きている）精神を表明しているのです。

阮籍は母の喪中であるにも拘わらず、しっかり司馬昭の場に同席して、我関せず焉という態度を見せつけるようにして、平然と酒を飲んでいます。日頃から白眼をもってして司馬昭のまわりにへばりつく礼法の士を軽蔑しきる態度を見せつける阮籍でしたが、礼法の士のリーダーでもあった治安責任者何曽は肝心なところでの阮籍の政治的立場を怪しみ、一同の面前で、司馬昭に阮籍の喪中の非礼をなじります。こんな奴を放っておけば私たちが苦労しているあなたの天下取りの汚点です、と。それに対する司馬昭はどこまでも阮籍を擁護する姿勢を崩しません。それはもちろん礼法の士たちをセーブする賢明さを世間に示し、新しい時代を築くにふさわしい許容量の大きさをアピールしたのでしょう。禅譲劇の最終段階に近づいてきた余裕からでもあったでしょう。嵇康のような存在とはちがって、常に不即不離を表示する阮籍の利用価値もあったのです。なにせ阮籍は喪中でこんなにまで弱っているではないか、まあそれも葬礼の一つとみてやれないかね、と。何曽たちはどんな風にその言葉を聞いたでしょうか。阮籍の胸の内はどうだったのでしょう。事あるごとに阮籍を擁護するかのような絶対権力者と、その権力行使を推進する尖鋭隊とのやりとりが今展開されながら、本人は自己の身の危うい立場はなんのその、素知らぬふりをして顔色一つ変えなかったと記載されていますが、これを自己韜晦とか、パフォーマンスとか単純な言葉で受けとめるばかりの、権力構造に鈍い読み手にだけはなりたくないと、筆者はいつも自戒しています。そのような言葉の要約では決して割り切れない、二重三重の沈痛さと生の危機は、自己の内面を執拗に詠った「詠懐詩」の連作のうめきとなって読み取れるのですから。

［12］

何曽嘗謂阮籍曰、「卿恣情任性、敗俗之人也。今忠賢執政、綜核名実、若卿之徒、何可長也。」復言之於太祖。籍飲噉不輟。故魏晋之間、有被髪夷傲之事、背死忘生之人、反謂行礼者、籍為之也。

（同注所引干宝晋紀）

何曽は嘗て阮籍に謂ひて曰はく、「卿は情を恣にして性に任す、敗俗の人なり。今忠賢のひと政を執り、名と実とを綜核す、卿の徒の若きは、何ぞ長かるべきか」と。復た之を太祖に言ふ。籍は飲み噉らふこと輟めず。故に魏晋の間、被髪し夷傲するの事、死に背き生を忘るる人有り、反って礼を行ふ者と謂はるるは、籍之を為せばなり。

○卿　二人称。お前。ここでは、上から目線で呼びかけて詰問している。
○太祖　司馬昭のこと。晋朝建国後の、司馬昭（文帝）の廟号。
○夷傲　「夷」も「傲」も、傲慢なこと。
○干宝『晋紀』　『隋書』経籍志二に、「二三巻。（東晋）干宝撰。」干宝（？－三三六）、字は令升。『捜神記』を著す。

【現代語訳】 何曽はあるとき阮籍に（面と向かって）言った、「おまえは感情のままに好き放題に振る舞い、風俗を敗る男だ。今の世は忠賢のお方が政治を取り仕切り、名と実とが一致しているかどうかをはっきりと検証しておられる。おまえのような輩がいつまでも糾弾されないでおられると思うなよ」と。何曽はまた同じ主旨を太祖（司馬昭）にも訴えたが、阮籍は酒を飲み肉を食らうことを止めようとしなかった。だから魏晋の時代にあって、（公式の場にあって）髪を結ばず、好き放題に傲慢に生きている者や、死をも気にかけずまともに生きることも忘れる連中が（続々）出たが、それがかえって（本当の）礼を行う者だと言われたりしたのは、（実は）阮籍のせいなのである。

【解説】 [11]の注が引く干宝の『晋紀』には、何曽が阮籍に向かって、今の時代にあって「敗俗」のお前は何時どうなるか分からないからな、と面と向かって恫喝（どうかつ）するさまが描かれています。後述する[30]に見るように、鍾会（しょうかい）が嵆康の反体制的言動に対して法廷で「敗俗（俗を敗る）」の男と糾弾しました。同じく敗俗の人と決めつけられる阮籍と嵆康、両者の処世はどのように異なるか、ともかく阮籍の場合も、生を全うできたからといって権力側からの危険人物という憎悪は変わりなかったのです。嵆康が山濤に与えた絶交書の中で、自分は阮籍のような「至慎」の生き方ができないというように、阮籍は体制のど真ん中の司馬昭のそばを決して離れない、それに対して嵆康は頑として司馬昭の下に近づかなかった、ということははっきりとしています。

干宝が文末の最後に述べる見解は、阮籍の没後に、権力の中枢にいながら政治を拒否する態度を示し、飲酒に耽った阮籍亜流者たちが流行のようにいたこと、それがやがては西晋末期の滅亡の因であったことを衝いたものです。ただし、それが即、阮籍という存在のせいだとみなすのは短絡的に過ぎるのは言うまでもありません。

[13]

籍性至孝。居レ喪、雖レ不レ率二常礼一、而毀幾

○至孝　非常に孝行者。

滅レ性。然為三文俗之士何曽等深所二讎疾一。大将軍司馬昭愛二其通偉一、而不レ加レ害也。

（同注所引魏氏春秋）

籍性は至孝。喪に居りて、常礼に率はずと雖も、毀ること幾んど性を滅す。然れども文俗の士何曽等の深く讎疾する所と為る。大将軍司馬昭は其の通偉を愛して、害を加へざるなり。

○文俗之士　杓子定規に礼を押しつける俗物。
○大将軍　軍事の最高職。
○通偉　道理によく通じた大きな人物。

【現代語訳】　阮籍の本性はとても孝行者であった。喪中にあって、（たしかに）常識とされる礼法にしたがわなかったが、身体を壊すくらいの悲しみようで、命を落とさんばかりの弱りようであった。しかしながら、型どおりの礼法を重んじるばかりの俗人何曽たちからは心底仇のように見なされていた。（それでも）大将軍の司馬昭は阮籍の拘らない人間の大きさを愛していたので、彼に危害を加えなかったのである。

【解説】　［12］と同じく［11］の注が引く、『魏氏春秋』には、「文俗の士」何曽たちの危うい恫喝にさらされていても、大将軍司馬昭は「通偉」の人物に惚れ込んでいたので、阮籍は殺されないですんだことが書かれています。魯迅によれば、実際は魏帝をないがしろにしていた司馬昭は「忠」を表だって標榜できなかったので、「孝」を表に出したイデオロギーを推進していました（「魏晋の風度・文章と酒・薬との関係」の講演記録）。孝行の基本は服喪の礼にきちんと則ることです。親を亡くした悲しみは節度をもった礼であることが要求され、度を超し自分の身を滅ぼすような過度の悲しみはかえって孝行の礼に背くとされていました。司馬昭傘下の飲み会に普段通りに参加し、あえて醜態を演ずるのですから、日頃の阮籍を嫌悪する礼法の士を代表しての、この機を逃さない何曽の糾弾だったわけです。

[14] 晋文王称、「阮嗣宗至慎。毎与之言、言皆玄遠、未嘗臧否人物。」（徳行第一・15）

晋の文王は称す、「阮嗣宗は至慎なり。之と言ふ毎に、言は皆玄遠にして、未だ嘗て人物を臧否せず」と。

○至慎　きわめて慎重だ。
○臧否人物　人物の良し悪しを評価する。

【現代語訳】　晋の文王（司馬昭）は阮籍を称賛した、「阮嗣宗はこの上なく慎重な人物である。彼と話しているとき、いつもそのすべての言葉は奥深く遠大で、今までに一度だって人物の良し悪しについて（具体的に）あげつらったことがない」と。

【解説】　司馬昭のまわりには二重三重の追従者たちが層をなし、それぞれが反司馬昭たちを次々に糾弾して行く、王朝簒奪へむかう推進役を担っているのですが、そういった大事な働き手たちとは違う阮籍を、なぜに司馬昭は庇護し続けたのでしょうか。[13]で司馬昭は阮籍の「通偉」を愛したとありましたが、どこをそれと認めたのか、本文で「至慎」の態度にこそそれを認めたのだと言っています。阮籍の発する言葉はいつも奥深く抽象的で、直接の人物批評を決して口にしない、礼俗の小物たちを時として白眼をひんむいて軽蔑はするが、口に出しては具体的に善し悪しをあげつらわない、と。

魏晋の時代は人物批評がとりわけ盛んな時代でした。

『世説新語』はまさに人物批評ばかりで成立していると評していいほどです。それは二二〇年魏の成立とともに陳群（？－二三六）によって立案施行された九品中正制による、各地域の郷論と呼ばれる人物評価が官吏登用の姿だったからでもありました。そこで名士と評価されることが政治の場に出ていく条件となる時代でした。それが下敷きにあって、常に人物評価は大事で活発なのでした。好き嫌いの激しいはずの阮籍が人物評価の話題には決して関わらない、直接司馬昭に言わなかったと評価されているのです。逆に、司馬昭に各人物の動向や性格や考え方を進言することが公私にわたりいかに頻繁であったかが分かります。私的な場にあっても軽々しく人を批評しない点を司馬昭は「至慎」と評価したのです。なお、人物批評をしないというその阮籍も司馬昭に一度だけ辺遠の州の下吏だった同郷の三十二歳の人物を公に推薦した事があり、「盧播を薦むる書」が残っています。彼は晋朝成立後中央政権に参加しており、後には「阮籍の銘」（『芸文類聚』三六）を書いています。

ところでこの本文の注が引く李康の『家誡』という文章の一節には、次のようにあります。

李康「家誡」に曰はく、「上曰はく、天下の至慎なる者は、其れ唯だ阮嗣宗のみか。之と言ふ毎に、言は玄遠に及びて、未だ嘗て時事を評論し、人物を臧否せず、至慎と謂ふべきか。」

しかし本文では「時事を論評しなかった」一点については省略しています。ここも司馬昭の阮籍の「至慎」評価の上で、見逃してはならない大事な箇所です。単に人物批評だけでなく、そもそも時代批判もしなかった、つまり時代情況及び司馬昭の政治姿勢と行使に関して何の論評もしなかったと言っているのです。批判を次々に黙らせていく世論作りの過程で、阮籍の内部に何か一物あるのは重々承知の上で、しかし礼法の士の糾弾にまったく何も反論しない、また自分に対して諫言もしない、とても慎重な男だ、と司馬昭は公に言明しているのです。あるいは阮籍に対して遠回しに最後の釘を刺していたのかも知れません。とにかく司馬昭にとっては阮籍なる存在は安全パイとして終始在り続けることを確信していればこその発言で、時代を全方位的に掌握した余裕から出た対応だったでしょう。時代はすでに禅譲という茶番劇のゴール間近で、もちろん阮籍自身も承知で「至慎」の評価を受けとめていたのです。

（六）「窮途の慟哭」と「詠懐」詩の連作

［15］ 阮籍常率レ意独駕、不レ由二径路一、車跡所レ窮、輒慟哭而反。（棲逸第一八・1注所引魏氏春秋）

阮籍は常に意に率ひて独り駕し、径路に由らず、車跡の窮まる所、輒ち慟哭して反る。

○輒　音は「テフ（チョウ）」で、訓読みは「すなはち」とよみならわすが、意味は「そのたびごとに」。
○「棲逸」　篇名。隠遁に関する話。

【現代語訳】 阮籍は常々思いに従うままに一人で馬車に乗って、路があろうとなかろうと衝き進み、車がこれ以上進めない行き止まりで、そのたびごとに声をはりあげて慟哭しては、引き返した。

【解説】 阮籍は司馬昭直属の部下として時代の先端近くに身を置き、事あるごとに糾弾する連中からはつねに見張られているけれども、きわめて言動に慎重に生きていましたが、その本当の胸の内はどのようだったのでしょう。それを端的に示すのが、棲逸篇の注が引く『魏氏春秋』の「窮途の慟哭」の話です。日頃の煩悶と憤りの日々、それを押し殺してはいるが、しかし、時としてそのような現実から逸脱してしまう。間歇泉のように噴き出してしまう阮籍でした。道があろうとなかろうと暴走する激しさであったこと、それが日頃幾度もあったことが「輒」の一字に表されています。しかし脱出は決してかなわないこと、声を張り上げて哭くしかないこと、もといた場に屈辱的に戻っていくしかないことが語られています。彼の胸の内が手に取るように、逸脱の行動として段階的に表され、それも、我慢できず逸脱せざるを得ないはじめよりも、いっそう度を超す悲傷となって苦いばかりの現実に帰って行く映像が、読み手に刻まれます。

阮籍には「詠懐詩」、五言の連作八十二首、四言詩十三首が残っています。「懐（おも）ひを詠ず」詩（自分の胸の内を詠った詩）、という題でまとめられた詩群です。当時の詩は具体的に詠われた場が分かる、宴会、遊覧、行旅、贈答、哀傷、等々のオケージョナルポエムがほとんどで、近現代の詩に多い、自分ひとりの心のなかを自分に向かって表白する詩というものは、中国詩では阮籍の「詠懐詩」から始まると言ってもいいくらいです。

「詠懐」五言八十二首の連作の第一首（『文選』巻二三）は全体の総論にも近い詩で、外ならぬこの「窮途の慟哭」の構図をそのまま構造化した作品です。

夜中不能寐、起坐弾鳴琴　／　薄帷鑑明月、清風吹我襟　／　孤雁号外野、翔鳥鳴北林　／　徘徊将何見、憂思独傷心

夜中　寝（い）ぬる能（あた）はず、起坐して鳴琴を弾ず　／　薄（はく）帷（ゐ）に明月　鑑（て）り、清風　我が襟を吹く　／　孤雁は外野に号（さけ）び、翔鳥は北林に鳴く　／　徘徊（はいくわい）して将（は）た何をか見る、憂思　独り心を傷（いた）ましむ

寝つけないのだ。夜中になってもなお眠ることができないのだ。わたしは起きあがり、坐って琴をかきならし、心を静めようとした。薄いとばりを通して、清らかな月明かりがさしこみ、涼やかな風がいっとき襟元をそよがせてくれる。（その心地よい慰めの時間はすぐに消えてしまった。）群れを離れた大雁が野面に鳴き叫んでいて、空を翔ける鳥どもが北の林で騒がしく鳴いている。（それらの不吉な鳴き声がわたしの心をまたしてもかき乱していて）わたしはいつしか外に出てさまよい歩いていたのだが、こうしてぶらぶら歩いていても一体何が見えて来るというのだろうか。（見えてくるのは、見たくもないことばかり。）ますます高じる憂いの心にとらわれながら、こうして

夜の夜中にわたしは心をいっそうすり減らしていくのだ。

（七）「保身」の苦しい酒

［16］

王戎弱冠詣阮籍。時劉公栄在坐。阮謂王曰、「偶有二斗美酒、当与君共飲。彼公栄無預焉。」二人交觴酬酢、公栄遂不得一盃。而言語談戯、三人無異。或有問之者。阮答曰、「勝公栄者、不得不与飲酒。不如公栄者、不可不与飲酒。唯公栄、可不与飲酒。」（簡傲第二四・2）

王戎は弱冠にして阮籍に詣る。時に劉公栄坐に在り。阮は王に謂ひて曰はく、「偶たま二斗の美酒有り、当に君と共に飲むべし。彼の公栄は預かる無けん」と。二人は觴を交はして酬酢し、公栄は遂くて一盃も得ず。而も言語談戯して、三人異なる無し。或いは之を問ふ者有り。阮は答へて曰はく、「公栄に勝る者は、与に酒を飲まざるを得ず。公栄に如かざる者も、与に酒を飲まざるべからず。唯

○弱冠　二十歳をいう。『礼記』曲礼上に「二十曰弱、冠。」（二十を弱と曰ひ、冠す）とあるによる。

○劉公栄　劉昶（？－？）、字は公栄。沛国の人。晋になって兗州刺史になった。

○酬酢　「酬」も「酢」も、返杯することをいう。

だ公栄のみは、与に酒を飲まざるべし」と。

【現代語訳】　王戎が二十歳のとき、阮籍の家に出かけた。行ってみると劉公栄（劉昶）が先客で坐っていた。阮籍は王戎に、「わが家にたまたま二斗の美酒があるので、君と一緒に飲まなくっちゃならぬ。あの公栄君は一緒に飲まないだろうけれど」と言った。二人で盃を交わし、たがいに応酬しあったままで、劉公栄は一杯も飲むことができなかった。それでも三人はわけ隔てなく、言葉多く議論したりからかったりし合った。ある人が（理解しにくいそのやりとりを）尋ねると、阮籍は答えていった、「公栄どのに勝る者とは、一緒に酒を飲まないわけにはいかない。また公栄どのに及ばない者とも、一緒に酒を飲まないということがあってはならない。ただ、公栄どのとだけは、一緒に酒を飲まなくてもいいのです」と。

【解説】　簡傲篇に載っている話です。先客の友人を敢えて無視し、とっておきの酒を若輩の友人と酌み交わす阮籍の傲慢な振る舞いを紹介しています。些細な日常の、しかし端から見ていてヒヤヒヤする人間関係ですが、しかしそれでいて両者から無視された先客も中に入り、別段何事もなかったかのようにして一緒に議論するのを楽しみあっている。理解しにくいこの関係の説明を求められた阮籍が答えている内容は、なかなか複雑で、難解です。なにせ劉公栄は下戸でもない、阮籍と同じくらいの酒量の御仁であるのですから。この真意は読み手それぞれの推測によるしかないようにうつりますが、筆者は、日頃劉公栄とはよく飲んでいる、今日は若い王戎がやってきたので、わが家にある美酒を彼と一緒に飲みたいのだ、王戎の来訪を歓迎する日なんだ、という気持ちではなかったかと想像します。以下に述べるように、いずれにせよこの話はヒヤヒヤする話柄ではなく、言葉遊びを楽しんで、和気藹々の雰囲気なのです。

というのは、このとき答えた阮籍の言葉は、実は任誕篇・4で劉公栄自身が言ったことがあると伝える、その言葉をほぼ踏襲しているからです。任誕篇では、劉公栄が卑賤の人とわけへだてなく飲酒することを他人から譏られたとき、劉公栄は「公栄に勝る者は、与に飲まざるべからず、公栄に如かざる者も、亦た与に飲まざるべからず、是れ公栄が輩なる者も、又た与に飲まざるべからず」と言って、皆一緒に終日飲んだとあります。劉公栄が言った「是公栄輩者、又不可不与飲」を、ここで阮籍は「不」の一字を省いて「唯公栄、可不与飲酒」と言い換えただけなのです。もっとも、任誕篇では劉昶が自身を字で読んでいるのは気になります。考えられる一点は、「公栄が輩なる者」（公栄殿と同じくらいの酒飲みは）と一般的に、つまり自身を客観的に表現してかしこまって宣言しているということです。その場合は、この本文で阮籍が話すのも、日頃から公栄殿が宣言している言葉を、ただしそのまま「不」一字を無くして使ったということです。もしそうなら、簡傲篇は相手を馬鹿にするかの傲慢な振る舞いの話には違いないが、場は実に笑いに満ちていて、お前さんそう言っていたのだけど、わたしは、お前さんには今日は美酒を飲ませないんだ、と哄笑する場面が想い浮かびます。

もう一つ考えられるのは、簡傲篇での阮籍の名言の方が先にあって、任誕篇の話では公栄が阮籍から以前言われた文句をそのままに近いかたちで、一緒に飲む方にして答えた、逆の場合です。この場合は、自身を公栄と字で表現していることも、「公栄が輩なる者」といった口調も、より納得いくような気もします。

---

[17] 歩兵校尉缺。厨中有貯酒数百斛。阮籍乃求為歩兵校尉。（任誕第二三・5）

歩兵校尉缺く。厨中に酒数百斛を貯へる有り。阮籍は乃ち求めて歩兵校尉と為る。

○歩兵校尉　上林苑の兵を指揮する長官。
○厨中　（兵士の駐屯する舎の）厨房。炊事場。
○斛　十斗。魏では約二十リットル。「石」と同じ。日本では斛と同じ量の石

【現代語訳】 歩兵校尉が欠員になった。歩兵の役所の料理場には数百斛の酒が貯蔵されていた。すると阮籍はなんと自分から求めて歩兵校尉となったのである。

を「こく」と読むようになった。

【解説】 大将軍司馬昭の直属の従事中郎をしていた阮籍でしたが、欠員ができた歩兵校尉への異動希望を申し出ます。その理由が兵士たちの詰め所の厨房にはたくさんの美酒があったから、というものでした。いかにも酒好きの彼らしい、呆れた願い出に、まわりの者たちが驚く雰囲気が、「乃」（なんとまあ）の一字にくっきりとあらわされています。司馬昭も笑いながら鷹揚に認めたのでしょう。もちろんこれは阮籍一流の口実で、実は何かこれまでのようには幕下に居たくない、距離を置きたい事態があったと思われます。一説には、最晩年の嵆康処刑の年と推測する人たちもいますが、その是非はともかく、どうしても我慢のならぬ何かがあってこのときのきな臭い政治情況を想像させるものがあります。

こういう話には尾びれがつくもので、注に引く次の[18]『文士伝』の末尾には、歩兵の府舎で、阮籍は訪ねてきた劉伶と共に存分に飲んでいた、と記載し、同じく引用される『竹林七賢論』では「並びに酔うて死す」とまで言われています。ただし、それらを注で紹介しながら劉孝標は、阮籍の死後まで劉伶は生存していたのだから、この厨房で首を並べて両者が共に亡くなったという伝説は面白いが、しかし考えられないと律儀にわざわざ否定しています。

[18] 籍放誕有㆓傲ㇾ世情㆒、不ㇾ楽㆓仕宦㆒。晋文帝親㆓愛籍㆒、恒与談戯、任㆓其所ㇾ欲、不㆔追以㆓

○晋文帝 司馬昭を指す。[10]の語釈を参照。晋成立後、文帝と謚（おくりな）された。

職事。籍常従容曰、「平生曽遊東平、楽其土風、願得為東平太守。」文帝説、従其意。籍便騎驢径到郡、皆壊府舎諸壁障、使内外相望、然後教令清寧。十余日、便復騎驢去。後聞歩兵厨中有酒三百石、忻然求為校尉。於是入府舎、与劉伶酣飲。（同注所引文士伝）

籍は放誕にして世に傲る情有りて、仕宦を楽まず。晋の文帝は親しく籍を愛し、恒に与に談戯し、其の欲する所に任せ、追ふに職事を以てせず。籍は常て従容として曰はく、「平生曽て東平に遊び、其の土風を楽しむ、願はくは東平太守と為るを得ん」と。文帝は説びて、其の意に従ふ。籍は便ち驢に騎り径ちに郡に到るに、皆府舎の諸の壁障を壊し、内外をして相望ま使め、然る後に教令清寧なり。十余日にして、便ち復た驢に騎りて去る。後歩兵厨の中に酒三百石有るを聞くや、忻然として校尉と為るを求む。是に於いて府舎に入り、劉伶と酣飲す。

○常　ここでは「嘗」と同じ意。
○従容　ゆったりと落ち着いて…する。
○東平太守　東平郡（山東省）の太守（行政長官）。
○『文士伝』『隋書』経籍志二に、「五〇巻。（東晋）張隠撰。」『唐書』経籍志二に、張騭の撰とする。

【現代語訳】　阮籍は奔放ででたらめ、世間をばかにする気持ちがあって、宮仕えがおもしろくなかった。晋の文帝（司馬昭）は阮籍を親しく可愛がり、いつも一緒にふざけては談議し、彼の望むようにさせていて、職務をせき立てることもしなかった。阮籍があるときたいしたことでないかのような口振りで言った、「昔わたしは東平の地に出かけて行ったことがあり、その土地柄を楽しみました。どうか東平太守になりたいものです」と。（日ごろの阮籍に似合わぬ申し出に）文帝は喜んで、彼の言う通りにしてやった。阮籍はさっそくロバに乗って出かけ、まっすぐ東平郡に着くと、役所の壁や衝立のことごとくを壊し、内も外もはっきり見えるようにさせ、その上でわかりやすく無理のない命令を出した。そうして十余日後に、またすぐにロバに乗って都へと帰って行ったのである。後に、歩兵の役所の厨房に三百石の酒があると聞くと、よろこんでそこの長官になることを求めた。そうして役所に入ると、（しばしば）劉伶と存分に酒に酔いしれていたものだった。

【解説】　[17]の注に引かれた『文士伝』が伝えるところです。日頃から政治論議・政務に関心を示さないで酒ばかり飲んで正体をくらましている阮籍が、珍しく東平郡に赴任したいと希望を述べます。その理由はかつてかの地に出かけてその風土をこよなく楽しんだから、是非行きたいと。日頃の消極的な態度とはまったく違う阮籍の申し出を喜んだ司馬昭でした。出かけて行くのもロバですから、ほんとにやる気があるのかわからないのんびりと行く赴任で、ふざけた話です。着任してやったことと言えば、役所の壁と衝立とを壊して風通しをよくしたこと、ごくごく簡単なお触れを出したこと、それだけやってわずか十日で切り上げ、またロバに乗ってトコトコ都に帰ったのでした。そしてこれが生涯唯一残る阮籍の政治姿勢と実践とが分かるエピソードです。それにしても、公開性と簡潔なお触れ、きわめて進歩性のある、官僚臭をまったく感じさせないものなのでした。

　なお、二つの問題があります。いつの時期なのか、また、彼が本当に東平郡に出かけたときの好印象からの希望であったかです。この二つは大いに関連性があります。いつのことかは本当のところは分からないが、後世阮籍は阮歩兵と呼ばれていますから、東平太守赴任の方が先だったでしょう。例えば松本幸男は二五五年（『阮籍の生涯と詠懐詩』）、陳伯君は二五八年（『阮籍集校注』）のことだとしています。ともかく[17]と同じように、やはり権力の中枢の直属には気持ちの上でとどまりきれないものがあった、都を脱出したかった、しかも遠方に、出かけたことのある土地に行こうとしたのでしょう。

　またもう一点については、彼には「東平の賦」という作品があり、実は序文で、その地はどうにも我慢のならない風土であったと書いていることです。作品の内容も、何てひどい土地柄で住民も醜悪そのもの、こんな所に一刻も居たくない、といって、もっと違う場所へと登場人物は仙界を求めて旅立ちます、ところが仙界はどうも自分の思う所とは違いどこかなじめず、はてさてどうしたものかと模索し、たどり着いた思想をもって現実に帰って行く。自分を納得させた思想とは、どのような現実であっても自分さえしっかりと保持して生きていく老荘的境地で、それを作品として仮構した内容の賦です。筆者は、現実に戻っていくことはなぜに可能か、がテーマで、そこに文学作品としての執筆の意味があったと解釈しています。従って本文にあるような「昔私は東平の地に出かけ、とてもよい印象を持ちましたから、赴任させてください」といった感情とはかけ離れていますので、司馬昭に自分から告げてまでして、一度都を離れたいという発言には裏があるのは間違いないでしょう。

　『晋書』阮籍伝によれば都に帰ってほどなく、散騎常侍に着任しています。重要な地方長官を十日でおっ放り出して都に帰ってくると、ちゃっかりまた役職に就いている、それに対してのまわりの非難と詰問の声も当然聞こえるようです。それを承知で司馬昭は厚遇しているのですから、執政には手放せない持ち駒だったことはここでも確認されます。阮籍はどんな顔をしてそれを受けたのでしょう、もちろんいつも通りの、顔色を変えず我関せず焉（えん）であったでしょう。体制に身を置かないと生きていけなかったにしても、凡人にして政治嫌いの筆者のような者には推し量れない壮絶なやりとりです。


［19］文帝初欲下為二武帝一求中婚於籍上、籍酔六十日、不レ得レ言而止。（晋書巻四九阮籍伝）

○武帝　司馬昭の長子司馬炎（えん）（二三六－二九〇）、字は安世。晋の初代皇帝。

文帝は初め武帝の為に婚を籍に求めんと欲するに、籍は酔ふこと六十日、言ふを得ずして止む。

○『晋書』 正史『晋書』で、唐・太祖の勅命によって房玄齢らが撰した。一三〇巻。それまでの西晋・東晋の歴史書を集大成したもの。

【現代語訳】 司馬昭（晋朝成立後、文帝と諡された）は以前、息子の司馬炎（のちの武帝）のために婚姻関係を阮籍に求めようと思ったことがあるが、そのとき阮籍は六十日間酒に酔いつぶれていて、言い出すことができず、その件を止めにしたことがあった。

【解説】 通婚を求めることまでする司馬昭の阮籍への執着は、政治的であれ人柄に対してのものであれ、どうみても並ではありませんでした。当時の為政の通例として姻戚関係を結ぶというのは常套で、とくに司馬師・司馬昭期には、従来の同郡豪族間の婚姻でなく、郡を超えた「名士」との婚姻を施策として行い成功したことを、歴史的視野から渡邉義浩が分析しています（『西晋「儒教国家」と貴族制』）。では司馬昭が阮籍と姻戚を図ろうとしたことにはどれほどの意味があったのでしょうか、筆者には次のようにうつります。「礼法の士」の俗物たちが強力に推進している王朝簒奪の過程にあって、それを流れとして支持する者、または時にはセーブもする穏健派や良識派に加えて、阮籍のような反俗の「通偉」をも体制に抱え込むことは、絶対的権力者の許容の大きさを印象づけるに違いない。それは完璧な世論作りには欠かせぬ政治的な思惑だったことは確かです。ただおそらく司馬懿から司馬師にかけての時期で、天下が司馬昭自身に直接まわってくるのか、また長男の司馬炎が後を継いで、新しい王朝を開くかはまだ分からず、先の先の見通しだったには違いありませんが。阮籍の側から言えば、とにもかくにも、それが実現されると、権力内で阮籍の位置は固定することになり、ある意味何曽たちから糾弾されることもなくなるには違いありません。その意味で言えば、阮籍には自己の曖昧な態度をはっきりさせなければならぬ選択だったのです。しかし阮籍は受け入れられない、かといって拒否すれば、何曽たちの思う壺です。選択しないという阮籍の行動は並の人ではできない類いのものでした。跡をくらますだけならいつものことです、出仕に関しても病気を理由に断ったり辞職したりしていました。しかしこのときの絶妙な選択は、相手にその話題を言い出させないという、きわめて能動的な断りでした。なにせまるまる六十日間も酔いつぶれていたのですから。

［20］魏朝封晋文王為公、備礼九錫。文王固譲不受。公卿将校当詣府敦喩。司空鄭沖馳遣信就阮籍求文。籍時在袁孝尼家、宿酔扶起、書札為之、無所点定、乃写付使。時人以為神筆。（文学第四・67）

魏朝 晋の文王を封じて公と為し、礼に九錫を備へんとす。文王は固く譲りて受けず。公卿将校は当に府に詣たりて敦く喩すべし。司空の鄭沖 馳せて信を遣はして阮籍に就きて文を求む。籍は時に袁孝尼の家に在り、宿酔より扶け起されて、

○九錫 「きゅうしゃく」とも「きゅうせき」とも読む。天子が功労の絶大な臣下に与える九つの礼物・特権。車馬・衣服・弓矢・楽器・朱戸・納陛（許される階段）・虎賁（従者三百人）・斧鉞（おのの類）・秬鬯（祭酒）。

○公卿 三公と九卿。高位高官をいう。

○司空鄭沖 司空（三公の一）の鄭沖（?－二七四）、字は文和。

札に書して之を為り、点定する所無く、乃ち写して使に付す。時人 以て神筆と為す。

○袁孝尼　袁準（？－？）、字は孝尼。阮籍や嵆康の友人でもあった。西晋の給事中。
○点定　添削すること。
○「文学」　篇名。学問や文学に関する話。

【現代語訳】　魏朝では（功績のあった）司馬昭（のちの晋の文王）を封じて晋公とし、加えて九錫の特権を与えようとした。しかし司馬昭は固く辞退して受けなかった。（そこで）公卿将校たちは大将軍司馬昭の役所に出向き、（受けるように）懇請すべきだということになり、司空の鄭沖が急いで使者を出し、阮籍に（前から代作を依頼していた）勧進文を取りに行かせた。阮籍はそのとき友人の袁孝尼の家にいて、自分では立ち上がれないほどの二日酔いだったが、たすけ起こされ、（それでも）木札に書いて文章を完成した。書き直すところもなく、それを書き写させて使いの者に持たせた。当時の人たちが神筆だと評した、名文だった。

【解説】　司馬昭の王朝簒奪の最終段階がいよいよやってきます。魏朝では功績の大きな司馬昭を晋公として特別に封地を与え、九錫の特権を授けようとする、禅譲のレールが現実化されます。二五七年に賈充が諸葛誕に「洛中の諸賢、皆 禅代を願ふ」と迫ったこと（『三国志』諸葛誕伝所引『魏末伝』）からすでに露骨であったことの、最終の段取りなのですが、それでもこの段階にも晋公へ、そして晋王へ、最後に王朝交代となる七年という長い茶番が仰々しく続けられます。要は世のすべての人が今の魏の繁栄を支える賢人に時代を譲ることを願っているとする、世論作りの更なる徹底でした。皮肉なことに、後漢から魏への禅譲劇の最終の段取りをそっくり継承しているのです。その場合、天子の詔というかたちで出された晋公とする詔を、司馬昭は再三断ります。断れば断るほど、株は上がる、二五八年から二六三年まで、計六回あって六回めにしてようやく晋公を受けます。しかもその一回一回につき三度の、下される詔命に対してそれを辞退するやりとりがあります。そのなかには、司馬昭が断ると、司馬昭の所にどうぞ受けてくださいと、司空の鄭沖以下の百官がそろって懇願に行くこともありました。そのとき持参する懇願の文章、つまり勧進文(かんじんぶん)の代作を阮籍は書かされたのでした。その文章は『文選(もんぜん)』巻四〇・牋(せん)に「鄭沖の為(ため)に晋王に勧める牋」として収録されています。なお、晋王の詔命が下ったのは阮籍病没後ですから、題名は「晋公に勧める牋」でなければなりません。

このとき阮籍が代作執筆を依頼されたのは、禅譲に対する最終的な阮籍の態度表明を、司馬昭と高官たちに強いられたのです。例によって酒で以て保身を図りますが、もはや最終段階では許されません。友人袁準（袁孝尼）の家で酔いつぶれていたとありますが、別に『晋書』阮籍伝には袁準の名は記されていないので、行きつけの酒屋だったとも解釈できます。逃れられない事を観念した阮籍はさらさらと木札に（酒屋では、卓上に）見事に書き上げます。あまりに見事な一文だったので「神筆」とされ、模範的な勧進文としてのちに『文選』に収録されたのです。禅譲の過程はもちろん後漢から魏への禅譲劇にならっているわけですから、後漢の荀攸(じゅんゆう)の文章（『三国志』武帝紀に載せる）を手本にしています。ですから阮籍はすでに覚悟を決めて執筆の腹づもりをしていたのです。この勧進文があることによって、阮籍は完全に司馬昭の王朝簒奪に加担してしまっていたとする評価が、後世王朝交代の時期には問題にされます。特に明から清への交代期には、嵇康の刑死と比べて阮籍を貶める評が強いものがありました。ただ、少し落ち着いてその勧進文を読めば、必ずしも簒奪者のご意向に沿ったべったりの物言いでなかったところが、何箇所か見受けられます。

ところで、『晋書』文帝紀ではこの勧進文の立派さに感動して、司馬昭は二六三年最終的に晋公を受け入れたのだったと制作年代までも規定していますが、同じく阮籍伝ではいつ書かれたかまで書いていません。『文選』

の李善注には、藏榮緒の『晉書』が引かれ、二五八年の一番最初の詔命が下った時と解しています。筆者はこの作品は実はその二、三年後の第三回目か四回目かの段階でのものであるとみなしています。少なくともこの作品によって晉公を受命した、この作品に政治的な効力があったという見解にはどうも賛同できないのです。

嵆康とは違って阮籍の抵抗は確かに司馬昭傘下に組み込まれているのですから、とうてい抵抗と言えるものではありません。従って権力の中枢に不即不離の態度をもってした、その結末が勧進文代作の執筆だったことは、非難されても仕方がありません。しかし単純にその一事を捉えて阮籍の処世を声高に論議することは、どうみても不毛のようで筆者は躊躇してしまいます。少なくとも文学作品と現実との関係はもっともっと複雑なのですから、公の文章であっても、こと文学に関して言えば勧進文という作品がどれほど価値として深みがあるのかです。ここでは勧進文の詳細の読みは差し控えますが、末尾で詔命を受けた後、司馬昭が隠遁を表明するのが理想ですね、とした発言までも暗に書き留めていて、手本とした荀攸の勧進文にはない、この謎めいた抵抗らしき付け足しがある一点だけでも自律した作品となっているのだということだけは述べておきましょう。

---

[21] 王孝伯問二王大一、「阮籍何二如司馬相如一。」
王大曰、「阮籍胸中壘塊、故須レ酒澆レ之。」
（任誕第二三・51）

王孝伯 王大に問ふ、「阮籍は司馬相如と何如」と。王大 曰はく、「阮籍は胸中に壘塊あり、故に酒を須ひて之を澆ぐ」と。

○王孝伯　王恭（?－三九八）、字は孝伯。東晉の兗州青州の二州の刺史。
○王大　王忱（?－三九二）、字は元達。
○司馬相如　（BC一七九－BC一一七）字は長卿。前漢の賦の大家。酒好きでも有名。

【現代語訳】　王孝伯が王大に尋ねた、「阮籍の酒はあの司馬相如の酒と比べてどうですか」と。王大は答えた、「阮籍の場合は胸のなかに（どうにもならぬ）塊（かたまり）があり、それで酒を飲んではその塊を流しているのです」と。

【解説】　阮籍の没後一年半たって晋王司馬昭が亡くなり、後を継いだ司馬炎が魏帝から禅譲されて晋朝（西晋）を開きます。それから六十年後晋王朝は南に移って東晋ができ、さらに三十年、阮籍の酒の意味について的確に言い当てた王忱評が、本文です。単なる大酒飲みなのでなく、なぜにあれほど酒のエピソードがあるか、それは苛酷な時代を生きる「塁塊」（胸の塊）があって、それを流すためのものであったと、言いあてています。

　これまで見てきたように、阮籍の酒はおおむねが苦しいばかりの酒でした。危険な処世を逃れるため、つまり保身（殺されないようにして何としても生命を第一にする）のためのものであり、時として抑えきれない悲しみをぶつけるものであり、決して楽しい酒ではありませんでした。唯一嵆康と友達になれたのが弔問に酒と琴を持ってきたから、また豪快な竹林の猛者たちと共に飲むのは気ままな集いであるから、なのですが、しかし「詠懐詩」の連作の中で「酒」は一字しか見えないことからも分かるように、内面の苦しさに向き合う彼の文学では酒は素材にならないのです。ちなみに言えば、「篇々酒有り」と言われる、一六〇年後の陶淵明（三六五－四二七）とは、表現における酒の意味は大きく異なります。

○胸中塁塊　胸の中にあるかたまり。胸の奥にある鬱屈した心情をいう。

（八）隠者孫登と「大人先生伝」

［22］

阮歩兵嘯、聞数百歩。蘇門山中忽有真人、樵伐者咸共伝説。阮籍往観、見其人擁膝巌側。籍登嶺就之、箕踞相対。籍商略終古、上陳黄・農玄寂之道、下考三代盛徳之美、以問之、仡然不応。復叙有為之外、棲神導気之術、以観之、彼猶如前、凝矚不転。籍因対之長嘯、良久。乃笑曰、「可更作。」籍復長嘯。意尽、退還半嶺許、聞上嘧然有声、如数部鼓吹、林谷伝響。顧看、迺向人嘯也。

（棲逸巻一八・1）

阮歩兵が嘯（せう）は数百歩に聞こゆ。蘇門山（そもんざん）中に忽（たちま）ち真人有り、樵伐（せうばつ）する者 咸な共に伝説す。阮籍 往きて観（み）るに、其の人 膝を巌側（がんそく）に擁（よう）するを見る。籍は嶺を登りて

○嘯　おなかの底、喉の奥から思い切り長く息を吐き出す。呼吸法の一種で、ストレス解消法。

○蘇門山　都から遠く北東にある山（河南省輝県）。

○真人　世を避けた隠者を言う。

○商略終古　太古からの歴史を討論する。

○黄・農玄寂之道　伝説上の黄帝と神農の、幽玄の道。

○三代盛徳之美　夏（か）・殷・周三代の有徳の美。

○仡然　じろっと相手をにらみつけたままの様子。

○有為之外　人為を超越した「無為」の世界。「外」の一字を「教」に作るテキストも多いが、金沢文

之に就き、箕踞して相対す。籍は終古を商略し、上は黄・農の玄寂の道を陳べ、下は三代の盛徳の美を考へて、以て之に問ふも、仡然として応ぜず。復た有為の外、棲神導気の術を叙べて、以て之を観れば、彼は猶ほ前の如く、凝矚して転ぜず。籍は因りて之に対して長嘯すること、良や久しくす。乃ち笑ひて曰はく、「更に作すべし」と。籍は復た長嘯す。意尽き、退き還ること半嶺許りに、上より哂然として声有りて、数部の鼓吹の如く、林谷に伝へ響くを聞く。顧り看れば、迺ち向の人の嘯なり。

○外　庫本は「外」に作る。
○棲神導気之術　精神を集中し、気（宇宙のエネルギー）を自らの中に取り込む養生術。
○凝矚不転　瞬きもせず瞳をじっと動かさない。
○哂然　嘯する音声の形容。

【現代語訳】　阮歩兵（阮籍）の嘯の声は、数百歩の遠くまで聞こえるほどすばらしかった。あるとき、蘇門山中にこのごろ急に真人が現れた、と山に入った薪とりたちが語り伝えた。（興味を抱いた）阮籍が蘇門山に出かけて行って見上げると、その人が巌で膝を抱えて坐っているのが見えた。阮籍は嶺を登って行って彼の前に着くと、足を投げ出してすわり、彼と向かい合った。そこで阮籍は大昔のことを話題に持ち出し、古くは伝説上の黄帝や神農の時代の奥深い道について述べ、時代は降って夏殷周三代のすばらしい有徳の美についての考えを述べて、これに対する真人の考えを尋ねたが、その人は一点をにらんで黙ったままであった。阮籍はさらに無為の世界、道家の棲神導気の術を述べたてて、その人をじっと見たが、その人は依然として黙り込んだままで、瞬き一つせず瞳も動かさなかった。それで阮籍はその人に対してしばらくの間、長嘯した。するとなんとその人ははじめて笑いかけ、「もっとやれ」と言ったのだ。そこで阮籍はまた長嘯した。長嘯して意を尽くした阮籍が、その人のもとを辞して山を下り、峰の半ばにきたとき、上の方からシューシューという声がしたかと思うと、数部の鼓吹のように、林という林、谷という谷に次々に響きわたって聞こえてきた。阮籍が振り返って仰ぎみると、それは先のその人の嘯の声であった。

【解説】　阮籍は「窮途の慟哭」に象徴されるように激しく現実の枠（方内）から出て、存分に方外に遊びたいと切実に思いました。「詠懐詩」でも神仙たちへの憧れを懐くものが多数あります。けれども同時に、その不可能を随処に表明しています。また世を逃れた隠者、たとえば伯夷・叔斉への共感も語ります。しかし一方では「首陽山の賦」のように伯夷・叔斉に憧れながらも彼らの生き方にも納得できないところがあるとし、現実回帰の思想を確認しようと苦渋します。この二律背反の揺れ動きそのものが、阮籍の最大のテーマで、阮籍の文学の全体にして総重量だったと言えます。

そのうち神仙については、阮籍の場合は伝説を含めて観念臭が強く現実離れしていて、養生を実践し服薬していた形跡のある嵆康とはちがい、まったく仮構の世界としての思想でした。一方、神仙に比べて隠者の存在は、社会体制の批判者として古くから実在していましたから、阮籍には主要な関心事でした。あの孔子も「天下に道有れば則ち出で、道無ければ則ち隠る」（『論語』子罕篇）と発言しています。隠者は無道の世を批判して現実からきっぱりと退く、その社会を批判する眼は常に体制と一線を画す眼を持続しているのですから、きわめて現実との関係においてスリリングな存在であり続け、中国古典の思想倫理や文学の基核をなしていたと言ってもいいほどでした。阮籍の時代にも現実の隠者として孫登の存在が知られており、阮籍も嵆康も彼と深い関わりを持ったのでした。

本文は、蘇門山の真人（おそらくは孫登）の存在を知った阮籍がその期待感にいてもたってもいられず、山を訪ね峰をよじ登って、足を投げ出して対面したときの具体が書かれています。『晋書』孫登伝では、司馬昭の命を受けた阮籍が使者となって孫登を山奥に訪ねていくということになっていますが、なぜに司馬昭の名前が必要なのか、筆者にはその意味がはかりかねます。

阮籍はたくさんのことを孫登から聞き出したい、息せき切って言葉をかけ続けるのですが、孫登は瞬き一つせずじろりとにらみ続けているばかり。長い時間があったのでしょう、やがて阮籍が「長嘯」すると相手は一言、もっとやれと言う。「嘯」というのは、当時の呼吸法の一種で、大きく息を吸い込んでゆっくりと吐き出す、それをできる限り長くやる。息苦しい胸の内や、荒々しい感情からはほど遠い行為で、体のすべてを呼吸に任す、心安らかに己を虚にする行為でした。それを孫登からじろりとにらみつけられていたはずの阮籍がやるのは、実は沈黙したままの大きな存在を前にして、次第に自己が解放されていったからなのです。その人の存在を前にして気持ちよくなって自己解放され、そのまま長嘯した。「乃ち」、すると何と意外にもはじめて、孫登は笑ってもう一度やれと言う。もう一度長嘯した阮籍は存分に内面は満たされたので、山を下りていく、そのとき山という山、谷という谷に圧倒的に響く音声の先を阮籍が振り仰ぐと、それは孫登の長嘯であったのです。つまり、阮籍の長嘯に対して孫登が長嘯で答えた、両者のスケールの大きい、圧倒的な交歓がなされたことを伝えています。この話は阮籍の実体験として語られていますが、ともかく「至慎」という窮屈で危うい生を強いられる阮籍の内面をかろうじて、しかししっかりと支えていたものとして、孫登体験があったことが分かります。苦しい数々の阮籍のエピソードを読んできた読者には、ストレートに気持ちのよい場面として印象深いものがあるに違いないでしょう。

[23]

嘗遊二蘇門山一、有二隠者莫レ知二姓名一、有二竹実数斛・杵・臼一而已。籍聞而従レ之、談二太古無為之道一、論二五帝三皇之義一、蘇門先生翛然曽不レ眄レ之。籍乃嘐然長嘯、韻響寥亮。蘇門先生乃逌爾而笑。籍既降、先生喟然高嘯、有レ如二鳳音一。籍素知レ音、乃仮二蘇門先生之論一、以寄レ所レ懐。

○五帝三皇　伝説上のどの聖王をさすか、諸説がある。黄帝をはじめとする五帝と、伏羲などの三皇。
○翛然　反応のないさま。
○嘐然　声が大きいさま。
○寥亮　静かにはっきりと響くさま。
○逌爾　満足げに笑うさま。
○喟然　ここでは、大きく

其歌曰、「日没不周西、月出丹淵中。陽精晦不見、陰光代為雄。亭亭在須臾、厭厭将復隆。富貴俯仰間、貧賤何必終。」

（同注所引魏氏春秋）

嘗て蘇門山に遊び、隠者の姓名を知ること莫きもの有り、竹の実数斛と杵と臼と有るのみ。籍は聞きて之に従ひて、太古無為の道を談じ、五帝三皇の義を論ずるも、蘇門先生は翛然として曽て之を眄ず。籍は乃ち嘐然として長嘯し、韻響寥亮たり。蘇門先生は乃ち逌爾として笑ふ。籍の既に降りゆくに、先生は喟然として高く嘯し、鳳音の如き有り。籍は素より音を知れば、乃ち蘇門先生の論に仮りて、以て懐ふ所を寄す。其の歌に曰はく、「日は不周の西に没し、月は丹淵の中より出づ。陽精の晦くして見えずして、陰光 代りて雄を為す。亭亭たるは須臾に在り、厭厭たるは将に復た隆んならんとす。富貴は俯仰の間、貧賤もて何ぞ必ず終らん」と。

息を吐くさま。

○不周　崑崙山の西北にあるという山。

○丹淵　月が昇ってくる淵べ。

○亭亭　高いさま。

○厭厭　ここでは、かすかで暗くなっていくさま。

○俯仰間　ほんのわずかな間。

【現代語訳】　あるとき蘇門山に遊ぶ隠者がいて、姓名も分からないが、竹の実数斛と杵と臼だけはもっているということであった。阮籍はその噂を耳にして、出かけて行った。彼に従って、太古の世の無為の道について語りかけ、伝説上の五帝三皇のすばらしさを論じたてたのだが、蘇門先生は黙ったまま一度も阮籍をまともに見ることもなかった。それでも阮籍はおもむろに長嘯した。その調べといい響きといい、まことに静かに澄んだ長嘯だった。すると蘇門先生はなんとそのときはじめてにっこりと笑ったのだ。（十分意を尽くして満足した）阮籍が山を降っていくと、蘇門先生が深く息を吐いて高々と嘯したのだったが、それはまるで鳳の鳴く声のようであった。阮籍はもともと音楽の魅力に通じていたので、それで「蘇門先生の論」を執筆することに仮りて、かねがね己の胸に懐いていた思想を表現したのである。その作品のなかで先生が、「太陽は不周の西に没すると、月が丹淵から出てくる。太陽の精は暗くなって見えないが、月の光がかわりに大空に広がる。（しかし）高く高く輝く光もほんの暫くのこと、またかすかなる暗がりが広がっていく。（人間もまた同じ、）富貴は俯仰の間にすぎず、貧賤であってもそのままで終わることはないのだ」と歌うところがある。

【解説】 ［22］の注が引く『魏氏春秋』が叙述するものです。ここでも孫登という名でなく、蘇門先生と記しています。孫登はたしかに蘇門山にいたかどうか、少し問題がありますが。要は孫登的な隠者として、阮籍・嵆康との関係をとらえればよいのだと思います。

　ここの記載では、その蘇門先生の長嘯の響きが「鳳の音」のように素晴しかったから、イメージが広がって、のちに「蘇門先生の論」を書き、自身の蘇門先生に寄せる思いを書いたとしています。ここに引用される歌は、現存する「大人先生伝」で一場の劇の頂点（ピナクル）となる、薪を採る「時を俟（ま）つ」者に大人先生がうたう讃歌の一節です。それにしても阮籍は音楽をよく知る人なので、隠者との交歓のすばらしさを「鳳音」と感受して作品化した、という叙述はきわめて美的な観点になっていると思います。「大人先生伝」というドラマチックな作品は、思想的にも審美的にも完成度の高さを示しています。

［24］籍帰、遂箸二大人先生論一。所レ言皆胸懐

○箸　「著」と同じ。
○本趣　本来胸底に持って

問本趣、大意謂二先生与レ己不レ異也。観二長嘯相和一、亦近二乎目撃道存一矣。（同注所引竹林七賢論）

籍は帰り、遂くて『大人先生論』を著はす。言ふ所皆胸懐の間の本趣にして、大意は先生と己と異ならざるを謂ふなり。長嘯相和するを観れば、亦た目撃して道の存するに近からん。

いる思想。
○『竹林七賢論』『隋書』経籍志二に「二巻。晋太子中庶子戴逵撰。」東晋・戴逵（三三五？－三九五）、字は安道。

【現代語訳】　阮籍は山から帰って、そうして「大人先生論」を著した。そこで（大人先生として）述べられた内容は、すべて阮籍の胸の奥にしまわれていた思想であり、その大意は大人先生と自分とはそっくり重なるものであるとしているのである。（その文章中に書かれている）長嘯の二人のやりとりを読むと、実際に向かい合い、相手を目で確認しただけで、道を共有できるという境地に近いものがあったであろう。

【解説】　同じく[22]の注が引く「竹林七賢論」の一節では、帰宅後「大人先生論」を書いて日頃のかれの理想を孫登をモデルにして書き上げた、という見解を示しています。「大人先生論」は今では「大人先生伝」の「伝」（陶淵明の「五柳先生伝」と同じく実録であることを建前とした仮構の作品）として伝わっています。序章に大人先生の紹介があり、第一段では、彼に対して「君子」がもっと現実に真面目に取り組まなくてはならないと攻撃の手紙を送ります。それに対して空の虹に、君子批判をしてお前たちは褌の中の虱の如き存在だと痛罵します。この痛快なまでに世の所謂君子面した輩を痛罵する部分が『晋書』の本伝にそのままとられ、よく知られています。しかし実はこの作品の大きさと思想性とは、以下に続く隠士、薪者とのやりとりとして進展して行くところに、その本領があります。第二段落として山の頂から飛翔する大人先生に対して隠者がラブコールを送ります。不正義を拒否して山に隠れる隠者の生のありように共感しながらも、先生は、隠者が空間に縛られ、やがては禽獣と同じくみじめに死んでいく存在であることを批判して去って行きます。第三段落は、空から見下ろすと薪者（薪を取る人）を見つけ先生は降りていき、互いに歌の交換をして共感します。しかし薪者が、場所に縛られないで「時を俟つ」ところは隠士よりも生に前向きだとしながら、しかしそれもまた、時間に縛られた狭さでしかなく、今このときを十全に生きているという点では今をないがしろにしてはいないか、と結局は批判して去って行きます。そして最後の第五段落では、今このときを永遠に、今この場をどこにでもいる、そういう絶対的自由を象徴して飛翔する大人先生が描写されています。

これが阮籍が理想とした観念的な境地だったわけです。福永光司は「恍惚」という二字でその境地を理解しています（『魏晋思想史研究』）。

そのように現実の隠者という孫登、もしくは蘇門先生という存在との交歓を契機にして、阮籍は次々にあり得べき存在の姿を登場させて、それとの対話を通じてより高次なる生を仮構している。つまり、もはや孫登がモデルというにとどまらない、自己劇化の作品世界が構築されているのです。苦渋の内面を抉った「詠懐詩」の連作と共にあるからこそ、それとは違った文学的価値があったと言えます。そしてまた、現実の生の次元での「至慎」の保身が緊張感を強いられる危ういものであったからこそ、己を深く現実と関わらせつつ、それとは次元を異にする表現者として立つ到達の姿が見られるのです。なればこそ、現実とは異次元の文学の価値ある営みであった、と筆者は考えるのです。

第二章

抗い続ける 嵇康(けいこう)

（一）嵆康の風姿と人となり

［25］

嵆康身長七尺八寸、風姿特秀。見者嘆曰、「蕭蕭粛粛、爽朗清挙。」或云、「粛粛如松下風、高而徐引。」山公曰、「嵆叔夜之為人也、巌巌若孤松之独立。其酔也、傀俄若玉山之将崩。」（容止第一四・5）

嵆康は身長七尺八寸、風姿特に秀づ。見る者嘆じて曰はく、「蕭蕭粛粛として、爽朗清挙なり」と。或ひとは云ふ、「粛粛として松下の風の、高くあがりて徐ろに引くが如し」と。山公曰はく、「嵆叔夜の人と為りや、巌巌として孤松の独り立つが若し。其の酔へるや、傀俄として玉山の将に崩れんとするが若し」と。

○七尺八寸　一八八センチほど。当時の一尺は、約二四・一二センチ。
○蕭蕭粛粛　物静かでキリッとしている内面を形容する。
○爽朗清挙　さわやかで明るく、すっきりと高い立ち姿を形容する。
○巌巌　巌のように厳しく立つさま。
○傀俄　山がガガッと傾きくずれるさま。
○玉山　美しい山。
○「容止」　篇名。容貌と挙止（立ち居振る舞い）に関する話。

【現代語訳】　嵆康は七尺八寸の長身、見るからに魅力的な風貌であった。彼を見る者は感嘆して言った、「もの しずかできびしい外見、爽やかで筋が通っている人物だ」と。またある人は、「厳しく松の下から吹き上げる風が、高くあがって行って松全体を揺り動かしたかと思うと、ゆっくりと木から抜けて流れていくように静まっていくかのよう」とイメージした。山公（山濤どの）はさらに言った、「嵇叔夜の人となりは、いかめしく一本松がすっくと立っているかのようだ。彼が酔うと、（ある瞬間）グラグラッと玉山がいままさに崩れ落ちるかのようだ」と。

【解説】　一九〇センチ近くはあろうかという長身の見栄えのする外見から、その内面の精神性が想像される、本文における嵇康の紹介です。貴族にとってその外貌と立ち居振る舞いは人間的価値を端的に想到させる大事な要素で、『世説新語』容止篇はそんな話を集めており、だから逆に例えば曹操ほどの偉丈夫も「姿貌短小」（注所引『魏氏春秋』）だったことにコンプレックスを持っていて匈奴の使者との面会に替え玉を立てた話も載っています。

本文では嵇康の風姿のすばらしさを、評する者の具体的な比喩のイメージで伝えています。風を受けた孤松の姿、スケール大きく揺らぐ圧倒感、と同時にその一瞬の危うい美としても捉えられていて、豪毅にして気品ある美しい嵇康像が静的にも動的にも生き生きとして蘇ります。実は人物を評する場合、評価を受ける対象は言うまでもないのですが、一方において評価する者の側の理解の深さと言葉のセンスもまた問われることになるのです。加えて注意しておきたいのは、ここでの段階的に叙述した配置です。「見る者」、さらに「或る人」、そして「山濤」と、嵇康のすばらしさをよりありありとした具体的なイメージとして段階的に配置した叙述者の力量も想い知ることができる紹介になっています。単にことがらを伝達するだけでない叙述表現そのものの工夫も、『世説新語』の文学性の重要な点です。

［26］康身長七尺八寸、偉二容色一。土二木形骸一、不レ加二飾厲一、而龍章鳳姿、天質自然。正

○偉　大きくて際立ってりっぱである。

○土木形骸　自分の肉体を

爾在㆓群形之中㆒、便自知㆓非常之器㆒。（同注所引康別伝）

康は身長七尺八寸、容色偉（い）なり。形骸を土木とし、飾厲（しょくれい）を加へずして、龍章鳳姿、天質自然なり。正爾（せいじ）として群形の中に在りて、便ち自（おの）づから非常の器なるを知らる。

土木のようにみなす。
○飾厲　飾り立てる。
○正爾　二字で「まさに…だ」の意。
○非常之器　比べる者がいないほどの器量の持ち主。
○『康別伝』　嵆康の兄嵆喜の撰ともいう。佚書だが、『文選』注にも『嵆康別伝』と見える。

【現代語訳】　嵆康は身長七尺八寸、外見からして大きく際立っていた。自分の肉体を土くれや木ぎれのように見なし、飾り立てることはせず、生まれながらの自然のすがたで、いわば龍の文（あや）、鳳の姿といったところである。まさに居並ぶ者たちの中にいても、すぐにおのずと非常の器だと分かる人物だった。

【解説】　[25]の本文の注が引く「康別伝」では、嵆康の容止の奥の内面と思想に言及しています。本文が伝える外貌のイメージは、嵆康が肉体を飾り立てたりはしない、その内面の自然が自ずと表に出たものであること、その「非常の器」は超俗の「龍章鳳姿」と言い当てられたことを伝えています。

[27]　王戎云、「与㆓嵆康㆒居二十年、未㆔嘗見㆓其

○喜慍之色　喜びや怒りの感情が表情に出ること。

喜慍之色。」

康性含垢蔵瑕、愛悪不争於懐、喜怒不寄於顔。所知王濬沖在襄城、面数百、未嘗見其疾声朱顔。此亦方中之美範、人倫之勝業也。（同注所引康別伝）

王戎は云ふ、「嵆康と居ること二十年、未だ嘗て其の喜慍の色を見ず」と。康の性は垢を含み瑕を蔵し、愛悪懐に争はず、喜怒顔に寄せず。知る所の王濬沖は襄城に在りて、面すること数百、未だ嘗て其の疾声・朱顔を見ず。此れも亦た方中の美範にして、人倫の勝業なり。

○「徳行」 篇名。［2］の語釈を参照。
○王濬沖 王戎の字。
○襄城 不詳。ふつうは襄陽（湖北省）をいうが、その地を中心とした荊州の地に、二人がいた形跡はない。
○疾声・朱顔 人を憎む言葉を発したり、興奮して色をなす顔をしたりすること。
○方中之美範 方内（世間）を生きる人の美しい手本。

【現代語訳】 王戎は言っていた、「嵆康と二十年一緒にいたが、いちども彼の喜んだり怒ったりする表情を見たことがなかった」と。

嵆康の本性は恥や疵を包み隠し、愛好や嫌悪を胸にためず、喜びも怒りも顔に出さなかった。知人の王濬沖（王戎）は襄城のまちで彼と、数百回も会っているが、その間一度も彼の人を憎む口調や、興奮した赤ら顔を見たことがなかったという。この嵆康の言動は、またこの世界を生きる見事な模範で、人倫の道のすぐれた姿であった。

【解説】 王戎が、長い付き合いでも嵇康は喜びや怒りを顔に表さない人であったと言っているのは、嵇康が冷たい内面の持ち主で感情の起伏も少なく、表情の無い男であったというのではありません。まことに自己コントロールにすぐれた人であったことを強調しているのです。では何故にそのようであったか、「性含垢蔵瑕」、本来の持ち前として周りの汚さへの思いをじっと内にしまいこむことができた、ということから察せられるように、俗世を生きる上で自己の感情を外にそのまま出して生きては自分が自分でなくなる、とする処世態度を貫こうとした精神からだったようです。さすれば、嵇康が感情を表に決して出さなかったというのは、言い換えればきわめて繊細で感情豊か、喜怒哀楽の起伏の激しい内面を抱え持った人物であるということの逆証明なのです。『康別伝』のこの一節からは、この世界、つまり方内を生きる知識人として、短兵急な感情に走らないで、いつも冷静に振る舞う知識人の理想とすべき模範の姿、「方内の美範」であったと、王戎が羨望の念をもって惚れ込んでいたのが分かります。のちの第七章の王戎で述べる、俗っ気を笑われながらも、自己を露悪的に振る舞って竹林の先輩の猛者とわたりあう王戎の言葉であるだけに、興味深いものがあります。ちなみに第一章の[14]で見た阮籍の「至慎」を嵇康は高く評価し、見倣えない己の処世をしばしば悔いています。その嵇康自身の反省と、本文の喜怒哀楽を表に表さない態度とは言葉の上では矛盾しますが、しかし嵇康の生の全体を考えるとき、矛盾すると言うだけでは収まらない複雑さを抱えています。ともにギリギリの、迫り来る世間に対しての、処世の姿であったでしょう。それが実人生の嵇康の二面性であると同時に、また思想家の運命としての必然的二面性でもあったのです。自己の感情や思いをこそストレートに表現する「顕情」の精神を、嵇康は自己の思想の根幹においたことについては後述します。

なお王戎と嵇康とは十一歳違い、二十年間の付き合いということになれば、嵇康は四十歳で没していますから、その交際は王戎の成人以前からということになります。もっともそれは大ざっぱで、長い付き合いという意味でのものにすぎないでしょう。

また、同じく劉孝標の注には続けて、『文章叙録』の「康は魏の長楽亭主の壻(むこ)なるを以て、郎中に遷り、中散大夫を拝す」の一文を載せています。長楽亭主は、曹操の曾孫女で、曹操の孫の穆王林の娘です。中散大夫は一種の名誉職で、嵇康が曹室側の一員としてどれほどの位置にいたかわかりませんが、とにもかくにも司馬一族からは睨まれることになる存在ではありました。

（二）呂安事件と公開処刑

[28] 嵇中散臨刑東市、神気不変。索琴弾之、奏広陵散。曲終曰、「袁孝尼嘗請学此散、吾靳固不与。広陵散於今絶矣。」太学生三千人上書、請以為師、不許。文王亦尋悔焉。（雅量第六・2）

嵇中散は東市に刑せらるるに臨み、神気変ぜず。琴を索めて之を弾じ、「広陵散」を奏す。曲終はりて曰はく、「袁孝尼嘗て此の散を学ばんことを請ふも、吾は靳固して与へず。『広陵散』今に於いて絶ゆ」と。太学生の三千人は上書して、以て師と為さんことを請ふも、許されず。文王も亦た尋いで悔ゆ。

○東市　洛陽の東の市場があった繁華街。
○広陵散　曲の名。「散」は、メロディ。
○袁孝尼　袁準（？－？）の字。阮籍の友人でもあった。[20]を参照。西晋の給事中。
○太学生　都洛陽には、国立の太学が設立されていた。嵇康も石経古文（経書の古文を石に彫り付けたもの）を書き写すために通っていたことがある。
○「雅量」　篇名。落ち着い

た上品さと大きな度量を持った人物の話。

【現代語訳】 嵆中散（嵆康）は都の東市での（公開）処刑に臨んだときにも、精神も気力も変わらず、落ち着きはらっていた。彼は（最期に）琴を弾くことを求めて、「広陵散」を奏でた。弾き終わると、「袁孝尼（袁準）が以前、このメロディを教えてくれと頼んだが、わたしは教えることを惜しんで伝えなかった。『広陵散』も今ここで絶えてしまうのだ」と嘆いた。（この処刑時には）洛陽の太学生の三千人が上書して、お上に嵆康をわれわれの師としてくれるように助命嘆願をしたが、許されなかった。文王（司馬昭）は後に（嵆康を処刑したことを）後悔した。

【解説】 嵆康二十七歳のとき、正始の政変で司馬懿によって曹爽一派が誅殺され、それを契機に嵆康は中散大夫を辞し、それ以後ずっと仕官することなく、また強制に近い仕官の誘いにも踏み絵を踏まないと拒否し続けました。司馬三代四名による十六年という長い時間をかけて遂行される禅譲の茶番劇を経て、晋朝が正式に成立したのは二六五年で、その三年前の二六二年、嵆康は反体制思想家として洛陽の東市で公開処刑されました。本文はその刑場での嵆康の姿を伝えます。この話が雅量篇に載せられているように、非情な運命を受け入れるときの、見事なまでに落着いた死に際だったところに、言い知れぬ高貴さと器の大きさを称えているのです。

絶大な権力にあおられた多くの野次馬たちに取りまかれた最期の日、不条理な死に至ることを悔いたり憤ったり、自己の正当性をぶちまける、そういう興奮した姿ではなく、覚悟を決めて死を悠揚と受け入れます。最期に琴が弾きたいと言って、「広陵散」のメロディを奏し終えると、発した言葉が自分の死と共に滅びるメロディを哀惜するものでした。かくして嵆康は絶望を超えた透き通った精神ばかりを残して刑死します。ちなみに、このとき最期に琴を奏したいとしたことは、嵆康には存在の究極の慰めとして琴があったということを意味し、音楽が純粋芸術であることの価値はこのときからはじまったと言っても言い過ぎではありません。

本文の後半に、(一)都洛陽の太学生たち三千人が助命嘆願運動をしたが、それがかなわなかったこと、（同じく注に引く王隠『晋書』では数千人が運命を共にすると言って牢獄に押しかけたが、嵇康本人がそれを押しとどめたとも伝えている）、さらに、(二)二年後の蜀討伐の際に反旗を翻した鍾会を討って以後のことでしょうが、嵇康を処刑したことを司馬昭が後悔したこと、が追記されています。圧倒的多数の学生たち、彼ら仕官の志に熱い大多数の若者たちに嵇康が強く支持されていたことを伝えていますが、その分、思想家として嵇康が司馬昭体制の根幹を揺るがす危険極まりない存在であったことが分かります。また、司馬昭が嵇康処刑に関し、後日、鍾会の嵇康糾弾に責任を押しつけて、寛大な為政者ぶりを示したわけですが、ここにも歴史なるものは絶えず勝利する者の、後に書かれる事実であることを、われわれはここでも知ることになるのです。

[29]
初、康与二東平呂安一親善。安嫡兄遜淫二安妻徐氏一。安欲三告レ遜遣レ妻、以咨二於康一、康喩而抑レ之。遜内不二自安一、陰告二安撾レ母、表求レ徙レ辺。安当レ徙、訴二自理一、辞引レ康。

（同注所引晋陽秋）


初め、康は東平の呂安（りょあん）と親善たり。安の嫡兄（ちゃくけい）の遜（そん）安の妻の徐氏に淫す。安は遜を告し妻を遣（や）らんと欲し、以て康に咨（はか）れば、康は喩（さと）して之を抑ふ。遜は内に自（みずか）ら

○呂安（?―二六二）、字は中悌（ちゅうてい）。東平（山東省）の人。
○嫡遜兄　呂の家の嫡男である兄の呂遜（?―?）。呂安は呂遜（呂巽（そん）とも表記される）の腹違いの弟であった。
○自理　自分の方の正当性。
○『晋陽秋』　東晋・孫盛の撰。『隋書』経籍志二に、

安んぜず、陰かに安の母を撾つを告し、表して辺に徙すを求む。安は徙さるるに当たり、自理を訴へ、辞に康を引く。

三二巻。孫盛については[2]の語釈を参照。

【現代語訳】　前々からのことだが、嵆康は東平の呂安と親しい友人関係にあった。（今回の事件の発端は）呂安の嫡兄にあたる呂巽が、呂安の妻の徐氏と関係をもってしまった。呂安は（それを知って）呂巽を告発し、妻を実家に返そうと思って、嵆康に相談したところ、嵆康は言い含めて呂安の（いきりたつ）行為を抑えた。（それで事態は収まったかと思えたが、自らに非のある）呂巽は内心安心できず、ひそかに（手を回し）、呂安が日頃自分の母親をぶん殴っている不孝者だと、（逆に）告発し、上表文を書いて呂安を辺鄙な地へ左遷するように求めた。（その訴えが通り、）呂安は左遷されることになるが、その際、自分の方の言い分を訴え、嵆康に聞いてもらえば分かると、彼の名前を口にしたのだった。

【解説】　どのような経過で嵆康の何が糾弾され、処刑までに至るのか、その逮捕のいきさつが[28]の本文につけられた注の、[29]の原文『晋陽秋』、及び次の[30]『文士伝』の文章で説明されています。

いわゆる呂安事件と呼ばれるものですが、そのとばっちりを受けた形で、親友呂安の弁護の証人として法廷に出向いて行って、そのまま被告席に座らせられ、鍾会から仕官を拒否し続ける言動がやり玉に挙げられ、紊乱罪を問われたのでした。呂安との交友は、呂安の母違いの兄呂巽との交際がきっかけで、呂巽の家を訪れたときに紹介された呂安とすぐに意気投合し、親交を深めたのでした。ところがある日、呂安から思いもよらない相談を受けます。呂安の留守中に兄が妻に言い寄り（一説に、酒を飲ませて）、淫行をはたらいた、それを知った呂安は怒り、妻を離縁し、兄を訴え出ると息巻いて、嵆康に打ち明けたのです。正義感の人一倍強い嵆康ですから、当然全面的に自分の後押しをしてくれると思っていた呂安に対して、意外にも嵆康は、止めておくようにと言い含め、即座に兄弟の手打ちを図って奔走します。そもそも呂巽との交友が先にあったものですから、嵇康は誠意を尽くして両者の和解を取り付け、腹違いの弟に対して、以後父親の如き慈愛を以て接すると呂巽に誓わせました。これで事は一見落ち着いたかのように見えたのですが、もともと自身の非が原因の負い目を持っていた呂巽の方から動きます。弟が日頃から、呂安にとって継母である自分の母親に対して暴力を振るっているので、不孝者の彼を都から追放し遠方の地に追いやるようにと訴え出たのです。何よりも「孝」を全面に打ち出した司馬昭の体制統治でしたから、その訴えは通り、呂安は遠方へ移されることが決定されます。そのとき呂安は自己の正当性を強く主張し、いきさつの一部始終を知っている嵇康に聞いてくれるように求めます。こうして呂安事件が世間に明るみに出たのでした。なおこの間の、まるで見てきたかのような事の成り行きの報告については、ここの『晋陽秋』の記述も、経過を語る次の[30]の『文士伝』も、実は裁判に決着がついたとき、嵇康自身が呂巽（字は長悌（ちょうてい））に対して贈った「与呂長悌絶交書」（呂長悌に与えて絶交を宣言した手紙）が残されており、両書の客観的な事実の記載は、嵇康の文章にそっくりそのまま拠ったものであることが分かります。

[30]

呂安罹事、康詣獄以明之。鍾会庭論康曰、「今皇道開明、四海風靡、辺鄙無詭随之民、街巷無異口之議。而康上不臣天子、下不事王侯、軽時傲世、不為物用、無益於今、有敗於俗。昔太公誅華士、孔子戮少正卯、以其負才乱

○鍾会（二二五－二六四）字は士季。鍾繇（よう）の子。魏の司徒。嵇康との確執は[32]に詳しい。
○庭論　おしらすで、司隷校尉（検事総長）が被告人を論難する。
○開明　オープンで明らか。開放的で立派な政治

群惑レ衆也。今不レ誅レ康、無三以清二潔王道一。」於レ是録レ康閉レ獄。臨レ死、而兄弟親族咸与共別。康顔色不レ変、問二其兄一曰、「向以レ琴来不邪。」兄曰、「以来。」康取二調之一、曲成、歎曰、「太平引於レ今絶也。」（同注所引文士伝）

呂安事に罹るや、康は獄に詣りて以て之を明らかにせんとす。鍾会は康を庭論して曰はく、「今皇道開明にして、四海風のごとく靡き、辺鄙に詭随の民無く、街巷に異口の議無し。而るに康は上は天子に臣たらず、下は王侯に事へず、時を軽んじ世に傲り、物の用を為さず、今に益無く、俗を敗る有り。昔太公の華士を誅し、孔子の少正卯を戮せしは、其の才を負ひ群を乱し衆を惑はすを以てなり。今康を誅ぜずんば、以て王道を清潔すること無し」と。是に於いて康を録し獄に閉づ。死に臨んで、兄弟親族咸与に共に別る。康は顔色変ぜず、其の兄に問うて曰はく、「向に琴を以て来るや不や」と。兄曰はく、「以て来る」と。康は之を取りて調し、曲成りて、歎じて曰はく、「太平引今に於いて絶ゆ」と。

が行われていることをいう。

○詭随之民　でたらめを言って世に逆らう民衆。

○太公誅華士　『韓非子』外儲説に、「周の太公望呂尚が斉に封じられたとき、華士兄弟を殺した」、とある。

○孔子戮少正卯　『史記』孔子世家に、「孔子が魯の大司寇であったとき、反対派の少正卯を誅した」、とある。

○向以琴来不邪　「向」は、前に、の意。ここへ来るときに。「来不邪」は、持ってきてくれたか、どうか。念を押しながら尋ねるニュアンスを表す。

○太平引　曲の名。「引」は、「広陵散」の「散」と同じく、メロディの意。

○『文士伝』　[18]の語釈を参照。

【現代語訳】　呂安が事件にあったとき、嵇康は獄中に出向いて、（証人として）事のいきさつを明らかにしようとした。（しかし）その法廷で鍾会が嵇康を論難した、「今の世の中、天子の行う道はとてもすばらしく、天下の隅々まで風化は行き届き、どんな辺鄙な地にも逆らう民はおらず、どんな街中にも文句をいう者はいません。それなのに嵇康は上は天子に臣としてお仕えせず、また下は王侯にも仕えず、時世を軽んじ自分一人が正しいとおごり、何の役にも立たぬ人物です。今の世にまったく無益であるばかりか、世俗を敗る男です。昔、周の太公望が華士を誅したり、孔子が少正卯を殺したのは、かれらが才能をひけらかし群衆を乱し惑わしたからでした。今の時代、嵇康を誅さないでは、天下の王道を清めることはできません」と。そうして嵇康を罪人名簿に書き入れ牢獄に閉じこめた。嵇康の処刑が決まったとき、兄弟や親族（が牢獄に訪ねてきて、）それぞれ嵇康と別れを告げた。（その間）嵇康は顔色一つ変えなかったが、兄には、「ここへ来るとき琴を持ってきてくれましたか」と尋ねた。兄は「持ってきた」と言うと、嵇康はそれを受け取って調律して演奏した。曲を弾き終わると、ため息をつき、「太平引のメロディは、今ここに絶えるのだ」と言った。

【解説】　嵇康は法廷に出向き、異母兄弟の諍いのいきさつを知る証人として説明しようとしたとき、呂安弁護の証人台から自身が被告席に座らせられ、司隷校尉（警視総監）鍾会に真っ正面から糾弾されます。反体制的存在である嵇康の危険性を指弾した、宿敵鍾会の実に堂々とした口上でした。

今の時代りっぱな政治が行われ、世間には誰一人として文句を言う者がいない、このようなまでに道が行われている良き時代には必ず出仕するのが知識人としての責務である、それをお前は放棄し、好き放題に生きているのは間違っている、この泰平に益がないばかりか、世の中の風俗をやぶる危険人物なのだ、それゆえ世を乱す影響力の大きな悪人を放っておくわけにはいかない。昔、太公望や孔子が、世を乱す華士とか少正卯とかを誅したのは、才能を誇るばかりで群衆を惑わした危険人物だったからである。今ここでこのような危険人物を誅殺しなくては世の中はよくならない、と大上段からつらつらと一気に糾弾します。この論難の大前提には、今の魏の大国は「皇道」が国中に行き届いている、申し分なく良き時代で、その繁栄は他でもなく司馬昭に支えられているからである、とする認識が頑としてあったのです。司馬昭が推進する「王道」（公明正大な政治）とはよく言えたものですが、ともあれ独裁権力の見事なまでの真っ正面からの論難であったと言えましょう。

ここで分かることがあります。呂安事件は嵆康の存在を糾弾する鍾会たちにとっては絶好の場をもたらしたということです。ですから、一家族内でおこった横恋慕・姦通事件という低次元の事実を利用して、反体制の思想や仕官を拒否する生き方が権力者にも脅威であった嵆康を公の場に引っ張り出したのです。同時にそれは嵆康から言えば、鍾会の術中に結果としては嵌まったということになるでしょう。呂巽の背後には権力を行使できる鍾会なる策士がいた、そしてその背後にはちゃんと司馬昭が控えていたという権力の構図なのですから。

振り返ってみましょう。正義感の強い嵆康が呂安事件がまるでなかったかのように和解に奔走したのは、実はこの逃れられない事態を予感していたからだったのです。嵆康には権力者の陥穽に近づかない、身の処し方に慎重であるべきとの情況把握があった。しかし一枚も二枚も上手で、有無を言わせぬのが絶大な権力です。これを好機に呂巽を使って不孝罪で裁判沙汰にして、権力行使の公の場を設定したのです。しかしそうであるなら、事態をこれ以上悪い情況に持ち込まないようにと冷静に腐心してきた嵆康が、なぜに呂安弁護のためにその危うい法廷の場に出向いたのでしょうか。前述した呂巽への絶交書の中に、それも書かれています。逸る呂安を思い止まらせて和解に奔走したことが、結果として呂安を窮地に追い詰めてしまった、その責任は自重を言い含めた自分にあり、本当に呂安に申し訳ない、と。かくて嵆康は自身の生死の重大な危機を十分に予感しながら、呂安との友情をこそ第一として、自らの危機のただ中に証人として出廷したというわけなのです。誰が嵆康の身の振り方が阮籍に比べて保身に思慮のない、慎重さに欠けるものであったと言ってすましおおせるでしょうか。

（三）呂安との絆

[31]

嵆康与呂安善、毎一相思、千里命駕。安後来、値康不在。喜出戸延之、不入。題門上作鳳字而去。喜不覚、猶以為欣。故作鳳字、凡鳥也。（簡傲第二四・4）

嵆康は呂安と善し、一相思ある毎に、千里駕を命ず。安後れて来たり、康の在らざるに値ふ。喜は戸より出でて、之を延くも、入らず。門の上に題して鳳の字を作りて去る。喜は覚らざるも、猶ほ以て欣びと為す。故より鳳の字を作すは、凡鳥なり。

○喜　嵆喜。阮籍から白眼でにらまれた。[9]を参照。
○題門上　門の上に書く。「題」は、実際に（大きく）書きつけるのである。
○故　もともと。
○「簡傲」　篇名。[9]の語釈を参照。

【現代語訳】　嵆康と呂安とはとても仲がよかった。いったん相手と話したいと思うと（いてもたってもいられず）、千里離れていようが苦にせず、馬車をとばさせた。（このときは）呂安が訪ねていくと、すでに嵆康は外出した後で、不在だった。兄の嵆喜が門戸から出てきて、中に招き入れようとしたが、呂安は入らなかった。（そうして）門の上に「鳳」の一字を書き記して帰っていった。嵆喜はどういう意味か分からなかったが、それでも（賞めことばの一字なので、）喜んだ。（ところで、）もともと鳳の字形は、凡と鳥からなりたっているのである。

【解説】　自己の身の危険性を予感しながら、窮地に追い込まれた親友の裁判に出向くほどの嵆康の友情でした。本文の呂安の言動から、嵆康と呂安とがいかに意気投合していたか、その友情の並々でない反俗の風流の一端が伝わります。と同時にその分、自分たちの絆に関わらぬ者への拒絶が度を過ぎるため、拒絶された者や彼が属する人たちとの、実際の人間関係における危うさをも十分に想像させる話です。

「鳳」と題してすばらしい人物と自分をほめたかと喜ばせておいた上で、謎解きのように、逆になんとつまらぬ奴だ、と激しく軽蔑する言葉だったと分かる、その強烈な逆説のレトリックの痛快さがあります。と同時に読み手には、それと背中合わせの、軽蔑された側の骨髄の恨みがふくれあがることも思われ、単純には胸のすく話とは読めないところが残ります。強い立場からの侮蔑ならいじめの極ですし、弱い立場の側から強い集団の一員への抵抗なら、後々の生の危険性の恐ろしさがここにはあります。つまり、嵆康と呂安との絆がそれほどまでに強かった、と同時に、救いようもない俗物とは話しもしたくないと激しく拒否する風流人の倨傲（きょごう）が顕著だったということになります。だからこそ、簡傲篇にのっているのです。

ここで凡鳥と軽蔑された嵆喜は、第一章の[9]で前述した阮籍から白眼視されたその人です。俗人に取り巻かれた社会的には弱い立場におかれている気性の強い阮籍からの白眼視でした。ここでも、「礼法の士」として権力社会の端っこにいた嵆喜に対しての、「凡鳥」という激しい痛罵です。ただ、呂安がその情況的恐ろしさをそれとして認識していたかどうかは分かりません。自分と嵆康との交友の私的繋がりの中での奔放な風流を見せつける行為なのでしたが、一方の軽蔑された側から見れば、公私を超えた人間関係として彼らは常識的ルールを逸脱しすぎています。この一件をやり玉に呂安は奈落に落とされたと言うわけでは必ずしもありませんが、しかし絶対的権力はいつでも私的関係にまで容赦なく踏み込んでくるのです。

なお、嵆康と礼法の士の一員となる兄との関係は、呂安と呂巽の危険な関係とはまったくちがい、むしろ互いに支え合う存在でしたが、それでも事実として嵆喜は阮籍から白眼視されたその人、司馬昭、鍾会に繋がる存在ですから、このような屈辱の一件が彼ら礼法の士からの怨みを助長したことは揺るぎようがないことで、それが世間を構成する各層の基底に徹底されてあった構図だったのです。

（四）鍾会との確執

［32］

鍾士季精有才理、先不識嵇康。鍾要于時賢儁之士、倶往尋康。康方大樹下鍛、向子期為佐鼓排。康揚槌不輟、傍若無人、移時不交一言。鍾起去、康曰、「何所聞而来、何所見而去。」鍾曰、「聞所聞而来、見所見而去。」（簡傲第二四・4）

鍾士季は精にして才理有り、先に嵇康を識らず。鍾は時に于ける賢儁の士を要め、倶に往きて康を尋ぬ。康は方に大樹の下に鍛へ、向子期は佐を為して鼓排す。康は槌を揚げて輟めず、傍らに人無きが若く、時を移して一言も交へず。鍾は起ちて去らんとするに、康曰はく、「何の聞く所にして来り、何の見る所にして去るや」と。鍾曰はく、「聞く所を聞きて来り、見る所を見て去る」と。

○賢儁　賢明で俊才。儁は、儁・俊と同じ。
○向子期　向秀、字は子期。第五章を参照。
○為佐鼓排　嵇康の助手役として、温度を上げるために鞴（送風器）を押したり引いたりする。

【現代語訳】　鍾士季（鍾会）は物事に通じた鋭利な理論家であったが、それまで嵇康と面識がなかった。（そこで世間に名を知られるようになると、）鍾会は同時代のすぐれた人士たちを誘って、一緒に嵇康の屋敷に訪ねて行った。そのとき嵇康は大樹の下で鉄を鍛え、向子期（向秀）が補佐してふいごで風を送って火をおこしていた。鍾会がやってきても嵇康はハンマーをふりあげて仕事の手を休めず、誰がやってきたかもおかまいなく、時間がたっても一言も交わさなかった。（それで仕方なく）鍾会は立ち上がって帰って行こうとしたとき、嵇康が口を開いた。「何を聞いてやってきて、何を見て帰っていくのか」と。（すると即座に）鍾会は言い返した、「聞いたとおりのことを聞いてやってきて、見たとおりのことを見て帰っていくまでだ」と。

【解説】　法廷で嵇康を風俗紊乱者として大上段から糾弾した鍾会は、それ以前に嵇康との間に深い因縁があった、と本文は伝えています。当時の思想家としても一流であった鍾会はかねがね、これもまた思想家として際立つ嵇康と知り合いになりたかったが、その機会が無かった。あるとき思い切って同好の仲間を引き連れ、辞任後も洛陽にとどまっていた嵇康を訪ねていく。そのとき嵇康は大樹の下でハンマーを振り上げ、その傍らで友人の向秀がフイゴを吹き、鉄を鍛えていた。鍾会一行がやってきたことを知りながら、嵇康は無視して作業を止めない。いくら待ってもまったく応対しないし、言葉も交わさない。鍾会は仕方がないので帰って行こうとすると、何とはじめて嵇康が言葉を投げつけた。その売り言葉に買い言葉の激しい応酬が、その後の鍾会の嵇康に対する屈辱の怒りと怨みとなって、最終的に法廷での難詰となったと説明しています。

この話はとても生々しいリアルな場面であっただけに、両者の個人的な衝突にとどまらない、一時代の構図をもった情況的な憶測を進展させていきます。鍾会はなぜに仲間を連れて集団でやってきたのか、嵇康はなぜ洛陽にとどまったまま、鉄を鍛ったりしていたのか。嵇康の鍛鉄行為については古くから、特別な趣味を持っていたとか、生活を維持していくためとか解釈されていましたが、しかしもちろん趣味を超えているし、また嵇康が日常道具を売って生活の足しにしていたとも考えにくい。そこで、近年嵆康は実は武器作りとして鍛鉄に精を出していた、そこへ時の権力の中枢にいた鍾会が視察にやってきた、とする説（侯外廬（こうがいろ）らの『中国思想通史』）が提出されました。二五五年に毌丘倹（かんきゅうけん）が文欽（ぶんきん）とともに反司馬の挙兵をした際、嵆康はそれへの参加を山濤に相談して、彼から止められていた、という説（『三国志』王粲伝附載嵆康伝注所引『世語』）も昔からありました。これについても憶測に過ぎないと疑われもされていますが、この毌丘倹加担説をもとにして侯外廬らのように逞しく憶測をしてみますと、嵆康が毌丘倹らの挙兵に関わる武器調達をしているという噂があった、その噂の真相を司隷校尉の鍾会が部下をぞろぞろ連れて監察しにやってきた、となります。事実はどうであったかは闇の中で、それにしてもうがった見方には違いありませんが、なかなか棄てがたいとも筆者は思います。そのまま鍾会を帰らせばよいのに、言葉を投げつける嵆康、日頃は事を荒立てないように慎重であったはずの嵆康が、背中を追うようにして何を聞いてやってきて、何を見て帰っていくのか、と投げつけた、その言葉に対して、お前の反抗は噂通りであったことを、しかとこの目で確認したぞ、という、まことにスリリングな応酬であった、と読んでしまうのもなかなか面白い。嵆康のこれほどまでの傲慢な態度には、俗物そのものの鍾会への反撥以上に過度の憎しみがこもっているようにも思え、少なくとも鍾会の背後の権力構造と時代情況を想定したくなるのもやむを得ないのではないでしょうか。

それはともかく、嵆康が侮蔑の無視の後の、追いかけるように投げつけた激越な言葉の真意は、その現場に居合わせた者たちには事情が明かなのであり、ひたすらヒヤヒヤする緊張感が頂点に達したことでしょう。従ってその殺気のリアルさの謎解きを、後世にこうして読む者に強いるようなところがある、強烈なインパクトをもった言い合いです。それに対して、鍾会の切り返しが即座によくも言い得た、鍾会の鋭い才気と言語感覚の際立ちが現れています。ですから、それは鍾会の負け惜しみの対抗心には違いないが、しかし単純に負けを表明したとは受け取ることはできません。「何→聞」「何→見」の一字を置き換えただけのなかに、お前の行状は噂通りだ、この眼でしかと見届けた、お前からの侮辱は絶対忘れないぞ、という鍾会の怨みは十分込められている。ですから、阮籍や呂安から思うがままに侮蔑されても鈍感な嵆喜のような小物の礼法の士とはまったく違って、彼らを動かす大物の鍾会は敵に回せばどれほど恐ろしい存在であるか、あらためて読み手は思い知ることになるのです。

[33]　鍾会撰二四本論一、始畢、甚欲レ使二嵆公一見一。置二懐中一、既定、畏二其難一、懐不二敢出一、於二戸外一遥擲、便面急走。（文学第四・5）

鍾会は「四本論」を撰し、始めて畢るや、甚だ嵆公をして一見せ使めんと欲す。懐中に置き、既に定まるも、其の難ぜらるるを畏れ、懐より敢へて出ださず、戸外より遥かに擲げ、便ち面して急ぎて走る。

○四本論　当時「才（才能）」と「性（本性）」との関係をめぐっての議論が流行していた。傅嘏が才性同、李豊が才性異、鍾会が才性合、王広が才性離を論じたものを、鍾会がまとめた。
○面　顔をそむける。
○「文学」　篇名。[20]の語釈を参照。

【現代語訳】　鍾会は当時流行の才性論議を「四本論」にまとめて編集し、それを書き終えるやすぐに、（面識はなかったが、前々から思想的ライバルとして意識していた）嵆公（嵆康どの）に一目見せたいという誘惑に駆られた。その苦心の作を懐に入れ、出かけていき、嵆康の屋敷に着いたのだが、（いざとなると）急に嵆康から批判されないか恐ろしくなり、なかなかそれを懐から出して嵆康に手わたすことができず、門戸の外からはるかに投げ入れたかと思うと、ふりかえりもせず一目散に走って逃げかえった。

【解説】 前の[32]での鍾会の訪問の意味として今一つ考えられるのは、思想家鍾会の、嵆康への強い関心と、ライバル意識です。つまり、思想家嵆康への自己存在のデモンストレーションという想像も可能なのです。[32]でも「賢雋の士」を誘っての訪問とありました。そこの注に引く『魏氏春秋』には「会は名公子（めいこうし）にして、才能を以て（大将軍に）貴幸せられ、肥（ひ）に乗り軽（けい）を衣（き）、賓従 雲の如し」とあり、出世して今では時代の中心にいる、羽振りのいいところを存分に見せつけるものであったのです。そのように、鍾会の個人次元での対決姿勢であったと解すことも出来るということです。と言うのは、ここの[33]で見る文学篇の挿話には、若い頃からずっと嵆康に対する思想的コンプレックスが並でなかったことが見て取れるからです。

　この話は、鍾会は思想的な才力は持っていたが、まだまだ社会的には目立たない若者で、政界での地位もそれほどでもない時期、おそらくようやく二十代の半ば、鍾会は当時の論壇の関心の中心の才性論議（才と性との関係をめぐる同異合離の）四つの立場を総括した「四本論」をまとめ上げて、すこぶる自信があった。ですからその自信作を同じ年代で論が立つという評判の嵆康に、まずは読んでもらいたい、力作であればあるほど、ライバルに真っ先に読んでもらいたいという興奮した純な気持ちからいてもたってもいられず、面識のなかった嵆康の屋敷に飛んでいったが、いざという段になって批評を恐れて直接見せる勇気が無くなり、作品を塀越しに投げ入れたかと思うと一目散に逃げ去ったのです。ここからは、一目も二目もおく相手にこそ読んでもらいたいという強い願望と、同時に、ライバル視している当人からどんな批評がつきつけられるか分からない、その激しい恐れ、というアンビバレントな感情が、すごくリアルに伝わります。そのように鍾会は才気溢れる自信家でありながら、また繊細で、その屈辱の体験を何時までも引きずっている、そんな自己粘着の強いタイプだったようです。相手が嵆康だったのが悪かった、不幸だった、そのコンプレックスが彼を敵役にした、そんな一面も鍾会にはあったと筆者は思っています。

（五）山濤との絶交

［34］山公将レ去二選曹一、欲レ挙二嵆康一、康与レ書告レ絶。（棲逸第一八・3）

山公は将に選曹を去らんとするに、嵆康を挙げんと欲するも、康は書を与へて絶を告ぐ。

○選曹　次の［35］から見て、嵆康を推薦したのは選曹尚書でなく、おそらくはその下の選曹郎（吏部郎）であったと思われる。
○与書告絶　「与山巨源絶交書」を指す。
○「棲逸」　篇名。［22］の語釈を参照。

【現代語訳】　山公（山濤どの）が選曹郎（人事官）の職から異動するとき、自分の後任に嵆康を推挙したいと考えたが、（それを知った）嵆康は山濤に手紙を書いて辞退する旨を告げ、更に加えて以後絶交することを伝えた。

【解説】　正始の政変で曹爽たちが誅殺され、二十七歳で中散大夫を辞して以後、官界にもどることはなく、野に下った嵆康は、「論」九篇をはじめとした多様な文体で、自己の内面を抉り、思想を強め、時代を撃つ方法を模索しました。とりわけ「論」では、世の常識に則った思考の欺瞞を暴き、自己の主体的な思惟の原点にもどることの大切さを論じています。例えば、「管蔡論」のように当代に比定されるアクチュアルな問題を議論しながらも、周公旦（司馬昭に擬す）がそもそも彼らを評価していたとする論理からの、反逆者と称される管叔・

蔡叔（毌丘倹・文欽に擬す）を弁護するという、二律背反の論理を展開させています。また、「（張遼叔の）自然好学論を難ず」では、好学は自然な姿であるとする常識が拠り所とする議論を、形式論理的に欺瞞で、不成立であると論破しています。「釈私論」では、「顕情」こそが公であるとして体制が強いる公私論をひっくり返し、権力者の私情を暴きます。等々、さまざまな論理と方法を用いて、思惟の主体性をとりもどす表現営為を繰り広げていました。司馬昭をはじめとした権力の具体的な横暴を直接に糾弾するのではなく、社会構造と儒教の常識の根源そのものから考え直そうとする営みでしたから、表立って司馬昭体制に盾つくことはなくても、欺瞞そのもので禅譲を成立させようとする権力者側にとっては、実は目の上のたんこぶ以上の存在であったのです。時代からの思想の強制に傷つく嵆康に対して、司馬昭もそのような自立せんとした表現者の存在に自己の欺瞞が暴かれて内心深く傷ついたのである、としたのは西順蔵です（『中国思想論集』）。その痛みゆえに、嵆康を思想弾圧せざるを得ないというわけです。

身の危険が迫った嵆康を友人の山濤は心底案じ、吏部郎という人事官の自身の後任に嵆康を推薦しようとしたのでした。体制側に組み込むことによって嵆康をなんとか救済しようとして動いたのです。その山濤の動きを知った嵆康はそのつもりはないと断固辞退します。辞退するばかりか、更にその上に、自分を心配して手をさしのべた山濤と絶交すると宣言したのです。そのとき山濤に送った手紙が、『文選』巻四三に収められる「与山巨源絶交書（山巨源に与へて絶交する書(てがみ)）」です。

［35］

山巨源為㆓吏部郎㆒、遷㆓散騎常侍㆒、挙㆑康、康辞㆑之、並与㆓山濤㆒絶。豈不㆑識㆜山之不㆛以㆓一官㆒遇㆚己情㆙邪。亦欲㆘標㆓不屈之節㆒、

○吏部郎　人事担当官。
○散騎常侍　天子の側近顧問。

以杜中挙者之口上耳。乃答レ濤書、自説下「不レ堪二流俗一、而非中薄湯・武上」大将軍聞而悪レ之。（同注所引康別伝）

山巨源は吏部郎為りて、散騎常侍に遷るに、康を挙ぐるも、康は之を辞し、並びに山濤と絶す。豈に山の一官を以てするは己が情に遇はざるを識らずや。亦た不屈の節を標し、以て挙ぐる者の口を杜ざさんと欲するのみ。乃ち濤に答ふる書に、自ら「流俗に堪えずして、湯・武を非薄する」を説く。大将軍 聞きて之を悪む。

○耳　「のみ」と読み、ここでは、強意を表す。

○非薄湯武　「非薄」は、認めることができない。「湯」は殷を興した湯王。「武」は周を興した武王。

【現代語訳】　山巨源（山濤）は吏部郎であったが、散騎常侍に遷ることになったとき、嵇康を後任に推挙したが、嵇康はこれを辞退し、さらに山濤と交際を絶った。（なぜ辞退しただけでなく、絶交まで告げたのか。）山濤が吏部郎という一官を推薦することで己の嵇康への友情を示したのだということを嵇康は知らなかったのだろうか、それを嵇康は十分分かったはずである。しかし、嵇康は時代に出ていかないという己の不屈の節操をはっきり表明し、自分を時代のまっただ中に引っ張り出そうとした山濤の口を閉ざそうとしたのだった。なんとその山濤への手紙の中で、自分のことを「官職務めという世俗に堪えられない性格で、また殷の湯王とか周の武王とかを否定して、認めることができない」旨を説いたが、大将軍司馬昭がこの発言を聞いて、嵇康を激しく憎んだのである。

【解説】　[34]の注が引く『康別伝』が、なぜに辞退したのか、なぜに山濤と絶交までしたのか、を嵇康の立場から説明しています。山濤の行為は友情から出たものであることは十分分かっていたはずである、しかし嵇康はどこまでも体制の中に入らない己の信念を貫き通そうとした、そのことをはっきりと山濤に伝え、それ以上それを言い出さないようにとの思いからであった、と説明しています。

　ところで、「与山巨源絶交書」には存分すぎるほど、嵆康の真意が書かれています。嵆康の全人格的精神、考え方、感情、生きる姿勢が詰まった文章なのですが、いまその一部に触れておきますと、この文章で体制内で生きる山濤その人を一言も非難していません。自分は性格的にも思想的にも役人に向いていないことを執拗に述べるのです。ここで役人失格の七点の性癖（「七不堪」）――朝寝坊、山歩きまで部下に監視されることに堪えられない、正座できない、筆無精、葬式嫌い、俗人嫌い、多忙が駄目、そして絶対に役人になってはいけない二点の言動（「二不可」）――王朝を始めた王と称賛される聖人とが嫌いであること、さらにこうだと思ったらそれをすぐに口に出す直情の持ち主であることを挙げています。要はいかに自分は役人に不向きの人間であるかを、露悪的・自嘲的に自責した文章なのです。徹底して自己の性格と生き方を抉るようにして、役人社会を生きる人間として失格者であるかを終始言い切るのです。文学の不思議は、そのように自己に徹底的に向きあう人間がどうしてそれ故に死を招かざるを得ないのか、という思いが作品の背後から読む者に迫ってくることです。これほどまでに誠実で純な存在を許さない情況の苛酷さに思いが及ばない読み手はいないでしょう。そこがまた、王朝を簒奪するという、己の欺瞞に敏感な権力者には痛烈な一撃でもあったのです。

　従って『康別伝』では、嵆康が自身の「不可」なるところとしてあげた「湯（王）・武（王）を非薄す」の言葉尻を捉えて、司馬昭から憎悪されたことが直接悲劇につながったと説明されているのです。ところで「絶交書」では、「湯・武を非とし、周（公旦）・孔（子）を薄（うと）んず」と表現されています。放伐によって殷を起こした湯王と、周をはじめた武王、それ以上に司馬昭の上にのしかかるところが大きかったのは、周公旦を聖人だとは思わないという一句でした。実は魏から晋への禅譲劇の推進にあって、魏の大国の繁栄を支えているのは司馬昭で、それは周の幼い成王を支えた周公旦になぞらえられる、今周公旦のような立派な司馬昭に時代が譲られたら、何と理想的な王朝交代ではないか、とする世論作りに奔走している簒奪劇の最終段階だったのです。そんなときに周公旦が嫌いだとするのは真正面からの司馬昭批判と受けとめられたのです。この発言には、筆が走り、食いつかれる軽率さが嵇康になかったか、とも言えますが、しかし筆者は、一枚も二枚も権力者が上手(うわて)だった、絶対的権力の前では作品はいささかも作品として読まれはしないということなのであったと考えます。

(六) 隠者や神仙への真摯な憧れ

[36] 嵇康遊二於汲郡山中一、遇二道士孫登一、遂与レ之遊。康臨レ去、登曰、「君才則高矣、保身之道不レ足。」 (棲逸第一八・2)

嵇康は汲郡(きふぐん)の山中に遊び、道士の孫登(そんたう)に遇(あ)ひ、遂(か)くて之と遊ぶ。康の去るに臨むに、登曰はく、「君の才は則ち高けれど、保身の道足(た)らず」と。

○汲郡 現在の河南省汲県。
○道士 道教の修行者。あるいは、政治社会を避けて山にいる隠者の類いをいう。
○保身之道 生命を全うして生きる道。

【現代語訳】 嵇康は汲郡の山中に出かけて行き、道士の孫登に出会って、そのまま(しばらく)孫登と行動を共にした。嵇康が孫登のもとを(いよいよ)去るとき、それまで(ほとんど嵇康に何も言ったことがなかった)孫登がはじめて忠告した、「君の才能は高いけれど、生命を大切にする生き方に欠けている」と。

【解説】　嵆康が出遭ったとする汲郡の山中にいた「道士」孫登は、[22]で見た阮籍が訪ねた蘇門山の「真人」と目される孫登（正史の『晋書』孫登伝）と同一の隠者であったとするのが通説です。嵆康は彼に心酔し、一説には『晋紀』（『太平御覧』五七九所引）に「従ひ遊ぶこと三年」とまで記されています。去るとき孫登が忠告したのが、才能は溢れているが、「保身の道」が欠けているとした言葉だったのです。「保身の道」とは、現在使われているような、巧みに世の中を渡っていく処世術、という意味ではありません。何があろうと、死なないで生命を全うできるようにして生きていくというほどの意味です。そばにいたとき孫登は終始寡黙で何も語らない、それでもある期間嵆康は彼のそばを離れませんでした。最後に何か話してくれるようにと言ったとき、やっと忠告してくれた言葉だったのです。

ところで、注が引く『文士伝』では、もっと言葉多く、比喩を効果的に使って真意を伝えるようにして孫登は忠告しています。「そもそも火は本来光を備えているが、その光をどのように用いるかが大切だ、人間もそれと同じで、生まれながらに才能があっても、その才能をしっかり用いることができるかどうかが肝要だ。火の光を用いるには薪（まき）がいるように、人間が才能を用いるには〈其の物を識る〉ことが大切なのだが、あなたは〈才は多くも識は寡なし〉だ」と。この孫登の自身への批判をしっかりと刻み込んで別れた嵆康でしたが、それがかなわなかったことを、続けて『文士伝』は、処刑直前の牢獄で書かれた「幽憤詩（ゆうふんし）」（『文選』巻二三）の、「昔は下恵に赧（は）ぢ、今は孫登に愧（は）づ」を引き、その生の終わりに心から悔いたと評しています。なお、柳下恵は左遷されても平常心を失わなかった春秋時代の下級役人です。

[37]

康又遭二王烈一、共入レ山。烈嘗得二石髄如レ飴、即自服レ半、余半与レ康、皆凝而為レ石。又於二石室中一見二一巻素書一、遽呼レ康往

○王烈　（？－？）当時存在した仙人の一人。

○石髄如飴　中心部が飴のようにやわらかな石。

取、輒不二復見一。烈乃歎曰、「叔夜趣非常、而輒不レ遇、命也。」其神心所レ感、毎遇二幽逸一如レ此。（晋書巻四九嵆康伝）

康は又た王烈に遭ひ、共に山に入る。烈は嘗て石髄の飴の如きを得、即ち自ら半ばを服し、余の半ばを康に与ふるに、皆凝して石と為る。又た石室の中に於いて一巻の素書を見、遽かに康を呼びて往きて取らしめんとするに、輒ち復た見えず。烈は乃ち歎じて曰はく、「叔夜の趣は非常なるも、而れども輒ち遇はず、命なり。」其の神心の感ずる所、毎に幽逸に遇ふこと此くの如し。

○石室　岩室。
○素書　絹地に書かれた巻物、書物。
○幽逸　ふしぎな、説明しがたい出来事。

【現代語訳】　嵆康はまたあるとき（仙人の）王烈に出会って、一緒に山に入って行った。王烈がある時、飴のような石髄を手に入れ、すぐにその半分を服用し、あまりの半分を嵆康に与えたのだが、するとそれは全部凝固してふつうの石になってしまった。また別の折りには、修行していた岩室の一つに、王烈は絹地の巻物一巻を見つけたので、大急ぎで嵆康を呼んで取りに行かせたところ、すでに見えなくなってしまっていた、そのような（嵆康が神仙になれない）ことがしばしばあった。それで王烈はため息をついて、「叔夜（嵆康どの）は常と異なるすばらしい風趣はお持ちだが、しかしながら何度も神仙になるきっかけをつかめない、それもまたあなたの運命ですね」と言った。嵆康は神秘的な世界に心寄せながら、いつもその霊妙な体験はこのようであった。

【解説】　嵆康は終始苛酷な時代と厳しく向き合った　知識人でしたが、それと同じくらい時代から距離を測って離れ、自分一個の生命を何よりも大事にしようとした精神の持ち主でもありました。隠者孫登と長らく接したのも、その表れでした。だからこそ孫登から「保身の道足らず」と批判されたのはまことに痛い言葉であったのです。嵆康には「養生論」（『文選』巻五三）という論文があります。その冒頭で、不老不死の神仙になるのを学ぶことはできないと言いながら、その努力によって限りなく近づけるとして、生命を養う為の上薬の服用についても述べています。さらに、嵆康が実際に当時の仙人の王烈のもとで養生の修行を実践していたことを、本文にとりあげた正史の『晋書』嵆康伝は伝えています。『晋書』は周知のように七世紀に唐の第二代太宗の勅撰で、それまでの事実や伝聞を総合した記載ですので、本文は、『晋書斠注』によれば劉宋・南斉の臧栄緒（四一五－四八八）の『晋書』（『北堂書鈔』一六〇所引）にもとづくものです。ひたすら神仙を目指しながら、それが肝心な段階で、彼にはその資格がないという意味あいで叙述されています。いずれにしろ本気になって不老不死の生命をめざしながら、最後の最後まで現実次元から逃れられない嵆康の、現実を直視しそれを言葉にする知性をこそ強調する挿話として捉えたいと思います。

　ところで、そもそも嵆康の神仙への憧れとその失格は、前述したようにそれとは異なる現実界への志の強さと矛盾するところがありますが、やはり注目すべきは、互いに反対の方向を向き合うベクトルの強烈さこそが嵆康の熱度の高さ、存在の激しさであったと言える点です。単純にそれぞれ一方にのみ強ければ、すっきりとする、理解しやすい生でしょうが、そうでないアンビバレンツな存在としての全体が彼の生涯であったのです。それは結果として両者ともにかなわぬものであったにしろ、そこには有限の個として貫いた精神があり、その精神をこそ表現者として種々の文体を用いた詩文に引き受けたところに、個を超えた存在の真の価値を筆者は見出しています。

（七）嵇康の琴をめぐる怪異譚

［38］

嵇中散夜弾琴、忽有一鬼、著機来、歎其手快曰、「君一弦不調。」中散与琴、調之、声更清婉。問其名、不対、疑是蔡伯喈。伯喈将亡、亦被桎梏。

（太平御覧六四四所引晋処士裴啓語林）

嵇中散夜琴を弾くに、忽ち一鬼有りて、著はれ機来たり、其の手の快なるを歎じて曰はく、「君の一弦調せず」と。中散は琴を与へるや、之を調し、声は更に清婉たり。其の名を問ふも、対へず、疑ふらくは是れ蔡伯喈ならん。伯喈は将に亡ぜんとするとき、亦た桎梏を被る。

○清婉　清らかでしなやかで美しい。
○蔡伯喈　蔡邕（一三二―一九二）、字は伯喈。後漢の左中郎将軍。
○被桎梏　罪人となって、足かせ手かせをはめられる。
○処士　仕官することを拒否して生きる知識人。
○『太平御覧』　一〇世紀末、北宋の太祖の勅命で李昉らが編纂した百科全書。
○裴啓『語林』『隋書』経籍志三・小説に、一〇巻。東晋処士・裴啓（？―？）の撰。

【現代語訳】　嵇中散（嵇康）は夜に琴を弾いていると、突然一人の幽霊が出てきて、嵇康の琴を弾く手のすばらしさに関心しながら、「君の琴の弦の一つの調律が合っていない」と言った。嵆康が琴を手渡すと、弦を調律しながら弾き、その音色は嵆康が弾いていたときよりも更に清らかでつややかになった。嵆康は彼の名前を尋ねたが、答えてくれなかった。それでも嵆康は恐らくはあの蔡伯喈（蔡邕）であろうと思った。（かつて、琴の名手でもあった）蔡伯喈は手枷足枷をはめられた罪人としてその死を迎えた人であった。

【解説】　本文は、十世紀半ば宋の李昉の編『太平御覧』という類書に引用される六朝説話の一つ、東晋の処士裴啓『語林』に伝わる話です。六朝時代には現在では文言で書かれた短編小説として位置づけられる、多くの志怪小説という説話が好まれ、編集されました。そこでは現実離れした異界の世界や生きものが次々に登場します。しかし代表的な『捜神記』の撰者が東晋の歴史家干宝であることからも分かるように、「怪を志す」がまったくの嘘でたらめの話としてではなく、基本的には事実の世界とつながる、もっといえばそれもまた事実の話だとする観点を持っていました。

嵆康の刑死を哀悼する感情の一環として、「広陵散」のイメージから嵆康の弾琴が神秘化されて広まったのです。嵆康の人間離れした技が、実は鬼界（死霊の世界）から与えられた技量とセンスだったというふうに。本文では、嵆康の弾琴の絃の調律をただした蔡邕が登場します。彼は後漢末期の重要な文人でしたが、最後は董卓に付いていたことによって罪人として獄死の運命に遭いました。作品に「琴操」があります。その才気溢れる悲運の文人の系列にまっすぐ嵆康が捉えられたのでした。

［39］

嵆康神情高邁、任レ心遊憩。嘗行、西南出、去レ洛数十里、有レ亭名華陽、投宿。夜了無レ人、独在二亭中一。此亭由来殺レ人、宿

○高邁　高くすぐれていること。
○由来　もともと…（があった）。

者多凶。至一更中、操琴、先作諸弄、而聞室中称善声。中散撫琴而呼之曰、「君何以不来。」此人便答云、「身是古人、幽没於此、数千年矣。聞君弾琴、音曲清和、故来聴耳。而就終残毀、不宜以接待君子。」向夜髣髴漸見、以手持其頭、遂与中散共論声音、其辞清弁。謂中散君試過琴。於是中散以琴授之、既弾悉作衆曲、亦不出常、唯広陵散絶倫。中散纔従受之、半夕悉得。与中散誓、不得教他人、又不得言其姓也。

（太平御覧五七九所引霊異記）

嵇康は神情高邁にして、心に任せて遊び憩ふ。嘗て行き、西南に出で、洛を去ること数十里、亭有り名は華陽、投宿す。夜了に人無く、独り亭中に在るのみ。此の亭は由来人を殺し、宿する者凶多し。一更中に至り、琴を操り、先づ諸弄を作すに、室中に善きを称する声聞こゆ。中散は琴を撫して之を呼びて曰はく、

○一更　夜八時頃。「更」は、日没から日の出までを五つに分けた時間。
○幽没　死後の世界に沈む。
○清弁　すっきりと筋の通った話し方。
○絶倫　非常にすぐれていること。
○『霊異記』　一巻。唐の闕名撰。

「君何を以て来たらざらんや」と。此の人便ち答へて云ふ、「身は是れ古人、此に幽没して、数千年なり。君の琴を弾くを聞き、音曲清和、故に来たりて聴くのみ。而れども終に就きて残毀なれば、以て君子を接待するに宜しからず」と。夜に向ひて髣髴として漸く見はれ、手を以て其の頭を持ち、遂くて中散と共に声音を論ずれば、其の辞は清弁たり。中散に君試みに琴を過せと謂ふ。是に於いて中散は琴を以て之に授くれば、既に弾きて悉く衆曲を作すも、亦た常なるを出でず、唯だ「広陵散」のみ絶倫なり。中散は纔かに従ひて之を受け、半夕悉く得たり。中散と、他人に教ふるを得ざること、又た其の姓を言ふを得ざることを誓はすなり。

【現代語訳】

嵇康は精神の際だって気高い人で、心のままに出かけては憩いのときを味わった。あるとき、都から西南に出かけて行き、洛陽から数十里の華陽という名の旅籠に宿を取った。その夜、その宿には嵇康の他に誰ひとり宿泊客がいなかった。この旅籠は以前に人殺しがあってからというもの、宿泊客に不吉なことが多くあった旅館だったのである。夜八時頃から、嵇康は琴を演奏しはじめ、まず何曲かを弾いたところ、（彼一人のはずだった）部屋のなかから、嵇康の演奏をすばらしいとほめる声が聞こえてきた。嵇中散（嵇康）は琴を弾き続けながらその声の主に呼びかけて、「君はどうして出てこないのですか」と言った。するとその人はすぐに、「わたしはすでにあの世の者、この部屋で亡くなって、すでに数千年になります。あなたが弾く琴は、その音色が清々しく柔和でしたので、こうしてあなたのそばにやってきてお聴きしていたのです。でもその終わり近くになるとどうも崩れるようなところがあり、それでは音楽に通じる方にお聴かせするには少し宜しくないような気が致します」と答えたのだった。夜が更けてくると、次第にぼんやりとその姿が浮かび上がり、その人は手に自分の首を持ち、そのまま嵇中散と一緒に音楽について論じ合ったのだが、その言葉はまことにさっぱりとした弁舌ぶりであった。中散にどれ琴を渡してごらんと言ったので、中散が琴を手渡すと、何曲かを演奏したが、ふつうの意味での巧みな演奏といった感じであった、しかしただ一曲、「広陵散」というメロディはまったくすばらしく、中散はそれを教えてもらってやっと、夜の半ばになってすっかり弾けるようになった。するとその人は、決して他の人には教えてはいけないこと、また自分の姓を口外してはならないことを、嵆中散に誓わせたのであった。

【解説】 唐代に編集された『霊異記』に伝えられる話で、これも『太平御覧』に引用されています。ここでも、嵆康は「広陵散」のメロディをいつどのようにして誰から教えられたのか、という具体的な説話です。宿泊客を殺すと噂される不吉な旅館に、嵆康は一晩宿を取り、一人の心の慰めの時間として琴を弾いていた。嵆康はどこにいてもいかなる時も心の安らぎや楽しみを音楽で得ることができたのです。その清和な音色に惹かれて、自分の手に自分の頭をもって幽鬼が現れるのですから、死者である彼も生前、不条理な死であったことを印象づけます。なにかふつうでない死に方をした人、しかも首を両手に捧げ、姓を口に出すなと言ったことから処刑された罪人のイメージが連想され、読み手には公開処刑されることになる嵆康の琴とは切り離せません。そして「広陵散」なるメロディを嵆康に与えた。ただ、話としては、そんな不吉な幽鬼から「広陵散」を伝授してもらったから嵆康に結局は不条理な死が待っていたのだと因果を伝えるとする解釈にとどまらないことに注意しておきたいものです。最高の音楽の境地を獲得した嵆康のイメージをより現実化しているのです。おどろおどろしいまでの現実を背景にして、そこに嵆康という文人・芸術家の神秘性・絶対性をひたすら神話化し哀惜する説話なのです。

［40］

南海太守鮑靚、通霊士也。東海徐寧師之。寧夜聞静室有琴声、怪其妙而問焉。靚曰、「嵇叔夜。」寧曰、「嵇臨命東市、何得在茲。」靚曰、「叔夜迹示終而実尸解。」（文選巻二一顔延之五君詠李善注所引顧愷之嵇康讃）

南海太守鮑靚（はうせい）は、霊に通じる士なり。東海の徐寧（じよねい）は之を師とす。寧 夜に静室に琴声有るを聞き、其の妙なるを怪しみて焉（これ）を問ふ。靚曰はく、「嵇叔夜ならん」と。寧曰はく、「嵇は命を東市に臨みしに、何ぞ茲（ここ）に在るを得んや」と。靚曰はく、「叔夜の迹（あと）は終はりを示すも実は尸解（しかい）す」と。

○鮑靚〔？－？〕字は太玄。東晋の人。仙人から道訣（どうけつ）（道教の秘法）を授かる。百余歳で亡くなる。

○徐寧〔？－？〕字は安期。東晋の江州刺史。

○尸解　死後、肉体を残して魂だけ抜け出る術。神仙は死ぬとこの術をよくしたという。

○顧愷之「嵇康讃」　東晋の画家の顧愷之（こがいし）が嵇康を描いた画に、自らつけた讃（賛）。

【現代語訳】　南海太守の鮑靚は、幽霊のことをよく知っていた士人であった。東海の徐寧は彼を師匠と仰いでいた。ある晩誰もいないはずの部屋から琴の声音が聞こえてきた。徐寧はそのすばらしさを怪しんで、鮑靚に尋ねた。すると鮑靚は「きっと嵇叔夜（嵇康）であろう」と言った。徐寧が、「でもかの人は東市の刑場に引かれていったはずなのに、どうして今ここにいるのですか」と尋ねると、鮑靚は「嵇叔夜はそのとき確かに亡くなったが、実は彼は尸解の術を会得していたのだ」と答えた。

【解説】　本文は東晋の画家として名だたる顧愷之（三四四－四〇五。字は長康。東晋の散騎常侍）の文章です。六朝時代は今ではいわゆる芸術と言われる表現行為が人間の生の自立した価値として提出されていった時代です。書では王羲之、絵画では顧愷之、詩文では曹植や陶淵明、音楽では（「声無哀楽論」を表し、音声そのものに哀楽の感情は無いとする反儒家の理論家としての）嵆康が、単なる技量に終わらず、美や深さの作品として、そして何よりも表現者の心の大いなる慰めの行為として――それが人間が生きてある一つの価値としての意味を有するようになった時代なのでした。

顧愷之が嵆康を描いた絵（現在は残っていません）に、自身がつけた賛の文章です。尸解の術に通じていたとして、嵆康の永遠の魂・精神を残したいという説話です。

なお、『文選』はもともとは三十巻、梁の昭明太子（五〇一―五三一）が、古来からのすぐれた詩文を集めた選集です。初唐の李善（?―六八九）が注をつけ六十巻としました。その巻二一に劉宋の顔延之（三八四―四五六）が七賢のうち山濤・王戎を除く五名をうたった「五君詠」が収録されていて、その李善注に引用されている文章が本文です。

第三章

酒飲み 劉伶（りゅうれい）

（一）形骸を土木とする小柄な男

［41］劉伶身長六尺、貌甚醜悴、而悠悠忽忽、土木形骸。（容止第一四・13）

劉伶字伯倫、形貌醜陋、身長六尺。然肆意放蕩、悠焉独暢、自得一時、常以宇宙為狭。（同注所引梁祚魏国統）

劉伶は身長六尺、貌（ぼう）は甚だ醜悴（しゅうすい）なるも、悠悠忽忽（ゆうゆうこつこつ）として、形骸を土木とす。

劉伶 字は伯倫、形貌は醜陋（しゅうろう）にして、身長は六尺。然れども意を肆（ほしいまま）にして放蕩、悠焉（ゆうえん）として独り暢（の）びやかにして、一時に自得し、常に宇宙を以て狭しと為す。

○六尺 一四五センチほど。［25］の語釈を参照。

○忽忽 細かなことを顧みない。

○「容止」 篇名。［25］の語釈を参照。

○放蕩 自由気ままに振る舞うこと。

○梁祚『魏国統』 『隋書』経籍志二には、「二〇巻、梁祚撰。」 梁祚（りょうそ）（四〇二－四八八）は北魏の人。

【現代語訳】 劉伶は背丈が六尺にすぎず、その容貌ははなはだ醜くしょぼくれていたが、振る舞いは悠々と何事にもこだわらず、自分の身体をまるで土くれや木ぎれのように見なしていた。

劉伶 字は伯倫、形貌は醜く、身長は六尺しかなかった。しかし気ままに存分に振る舞い自由三昧で、世俗を超然として伸びやかで、何時も満足した境地を得ては、常にこの宇宙をも狭いとしていた。

【解説】 本文とその注が引く梁祚の『魏国統』では、見るからにかんばしからぬ容貌の小柄な男が生死を超越し、宇宙をも狭しとする、とびきり大きな発想の持ち主であったとして、劉伶が紹介されています。この世界なんて小さい小さい、何事にもしばられることなく存分に好きなように生きてあること、といった自得した境地が彼の存在そのものであったのです。小柄で冴えない容貌と、それと対照的な内部に抱えた世界の大きさとが、いささか漫画的イメージとして印象づけられます。

[42]

伶処天地間、悠悠蕩蕩、無所用心。嘗与俗人相忤。其人攘袂而起、欲必築之。伶和其色曰、「鶏肋豈足以当尊拳。」其人不覚廃然而帰。

（文学第四・69注所引竹林七賢論）

伶は天地の間に処り、悠悠蕩蕩として、心を用ふる所無し。嘗て俗人と相忤ふ。其の人は袂を攘ひて起ち、必ず之を築たんと欲す。伶は其の色を和らげて曰はく、「鶏肋豈に以て尊拳を当つに足るや」と。其の人は覚えず廃然として帰る。

○鶏肋　鶏のあばら骨。少しだけ肉が付いており、棄てるには忍びないところなので、役に立ちそうにないが棄てるのは惜しいものをいう。

○廃然　うち捨てられた無様なさま。

○「文学」　篇名。[20]の語釈を参照。

○『竹林七賢論』　[24]の語釈を参照。

【現代語訳】 劉伶は天地という無辺の間に存在し、いつも超越して自由に生きていて、俗事をまったく気にかけなかった。あるとき俗人とケンカになった。相手は袂をまくりあげて立ち、殴りかかろうとした。そのとき劉伶は和らいだ表情をして言った、「鶏肋のようなものに、ご立派な拳をぶつけるにはふさわしくないでしょう」と。するとその人は思わず殴る意欲を失ってしまい、うちしおれてその場をたち去った。

【解説】　後述する［45］の前半部の本文が引く東晋・戴(たい)逵(き)の『竹林七賢論』の文章で、本文を読むより先に見ておきます。まるで俗人など眼中にないかのように自分の世界に自足している、この小柄な男は、自分がどのように生きていようが、他人は放って置いてくれればよいのだが、からかう輩、いじめる奴、イライラする御仁がいて、どうしてもちょっかいを出したがる。しかし彼は拳を振り上げてけんかを売られることになれているのか、「鶏ガラのような自分をなぐってもなぐりがいもないでしょう」と、おそらくは目線のだいぶ上の相手に向かって、やんわりと対応するのです。拳を振り上げた相手は拍子抜けし、事の成り行きを面白がっていた野次馬を前にしてふと我に返りばつが悪い、といった情景です。捨て台詞の一つくらいは吐いてそそくさと立ち去る乱暴者、一部始終を眺めては笑っている野次馬、その輪の中の彼という、一場の顔や声が想い浮かびます。ここでも、威勢のいい男と無気力で間の抜けた小柄な男との対比に加えて、彼の冴えない外見と動じない内面の大きさとのバランスがうまく結びつかないおかしさをかもし出しており、これもまた漫画的場面のやりとりです。

（二）天地を我が家とする

［43］劉伶嘗縦レ酒放達。或脱レ衣裸形在二屋中一。人見譏レ之。伶曰、「我以二天地一為二棟宇一、

○嘗　いつも。ここでは「常」と同じ意。

屋室為二幃衣一。諸君何為入二我幃中一。」（任誕第二三・6）

劉伶は嘗(つね)に酒を縦(ほしいまま)にして放達す。或るとき衣を脱ぎて裸形にして屋中に在り。人見て之を譏(そし)る。伶曰はく、「我は天地を以て棟宇と為し、屋室を幃衣(こんい)と為す。諸君何為(なんす)れぞ我が幃中に入らん」と。

○幃衣　下ばき、ふんどしの類。

【現代語訳】　劉伶はいつもお酒を存分に飲んでは好き放題をしていた。ある日、上着を脱いで上半身裸になって部屋の中にいた。訪ねて来た人たちがいて劉伶の恰好を見ると、（人に会う礼儀に背くと）非難した。すると劉伶は言った、「わたしは天地をわが住居としています。（ですから）この部屋はわたしには（言ってみれば）褌(ふんどし)のようなものです。あなたたちはどうしてわたしの褌の中にずかずかと入ってくるのですか」と。

【解説】　だれにも邪魔されることなく自分の好きなように生きる、劉伶の実践の第一の姿が大酒飲みでした。前述した二つの挿話からは、他者に向けていささか意思表示が希薄かのようにうつりますが、こと自分が生きている領域の我が家では、時として大言壮語の自己主張をして見せます。客人が訪ねてきたとき、酒をしこたま飲み、上着も着けず裸で部屋にいた劉伶は、そのままの姿で応対すると、訪問客たちが口々に客人を出迎えるのに失礼ではないか、と面罵します。公私を問わず、客人と向きあう礼としての正装は君子として欠かせぬことなので、きちんとした礼で対応しろと相手は怒るのです。それに対する劉伶の台詞の意味するところは、我が家という自分の領域では自分流儀に生きる、他人の常識とか主義とかに侵入させない、自分の内部にまで干渉される筋合いはない。自分の領域で誰の害にもならず自分の価値観で生きている、だからこそ同時におれは己の価値観を他人に押しつけようなどとも思わない、それが人と人との関係の基本である、礼儀である。人はそれぞれ相対的な存在なのに、自分の領域で自分の生き方を貫いている者に向かって、己の価値観こそを絶対唯一だとして押しつけてくる、そのことになによりもおれは我慢がならないのだ、とまあ言葉を次々にうるさく書き連ねれば以上のようになるでしょうか。

その大言壮語の主張を、なんとも痛快な比喩でもって言ってのけたところが、劉伶の真骨頂です。もちろん酩酊気味の言葉であればこそ、発想大きく構え、しかもずいぶんと下世話な比喩で客人に切り返して見せたのでしょう。激しい痛罵がなんとも言えない爽快な場面として、読み手の前に立ち現れるのです。もはやここでは漫画的と言うよりも、思想を表現した演劇的世界が見られるのです。演劇には台詞が最も重要です。本当は阮籍と同じように強いられるばかりの生で、窮屈な世界に存在しなくてはならないことに、劉伶も小さな体で耐えているはずなのですが、その生の苦しみをおくびにも出さず、痛快に生きてしまっているイメージが、劉伶でもありました。

その彼は阮籍が亡くなった後、晋の王朝が開かれてから、任官しているようです。正史の『晋書』劉伶伝には、魏末に建威参軍となった後、泰始（たいし）年間の初め（晋の成立初年、二六五年）の対策に「無為の化」を盛んに述べ、その結果、無用の人物として罷免された（または、正式には役人になれなかった）が、そのおかげで「竟（つひ）に寿を以て終ふ」とされています。しかし事跡については異説も多く、劉伶にはふさわしい一生、それでよかった、と誰もが思いそうな生涯です。

［44］

伶字伯倫、沛郡人。肆レ意放蕩、以二宇宙一為レ狭。常乗二鹿車一、携二一壺酒一、使二人荷レ鍤

○鹿車　鹿一頭しか乗せられないほどの、小さな車。

随レ之。云、「死便掘レ地以埋。」土二木形骸一、遨二遊一世一。（文学第四・69注所引名士伝）

伶字は伯倫、沛郡の人。意を肆（ほしいまま）にして放蕩、宇宙を以て狭しと為す。常に鹿（ろく）車（しゃ）に乗り、一壺の酒を携（たづさ）へ、人をして鍤（すき）を荷（にな）ひて之に随（したが）は使（し）む。云ふ、「死すれば便（すなは）ち地を掘りて以て埋めよ」と。形骸を土木とし、一世に遨遊（がういう）す。

○『名士伝』『隋書』経籍志二に、「正始名士伝三巻、袁敬仲撰。」あるいは『唐書』芸文志二に、「袁宏名士伝三巻。」

【現代語訳】 劉伶、字は伯倫、沛郡（江蘇省）の人。存分に気ままに生きて、宇宙さえ狭いと豪語した。いつもとても小さな車に乗り、酒壺を一つ携え、そうして車の後に従えた下僕に鋤を担がせ、「わたしが死んだら即座に地面を掘って埋めるように」と言っていた。そのように自分の身体を土くれ木ぎれのように見なして達観し、この世を闊歩して生きたのである。

【解説】 この『名士伝』の文章も前の話と同じく、劉伶は生死を超越していたとするもので、次の[45]の注に引用されています。いつ死が訪れるかもしれない、どこで亡くなるかも分からない、それもまた運命、死亡したそのとき、即その場で、穴を掘って埋めてくれ、土に返してくれと、付き人に鋤を担がせて言い置いていた。粗末な一人車に乗って、いつも酒壺をぶら下げた人生こそ、我が本望だ、とするパフォーマンスには、あっぱれすぎるほどの無頼派ぶりが爽快です。戦国時代の思想家荘周は奥さんが亡くなったとき壺をたたいて歌をうたったと言われていますが、劉伶の場合、深い思想の衝撃は『荘子』に比べると薄いかも知れませんが、読み手は一幅の絵として鑑賞して、それを前にしばらく佇むのです。

（三）酒こそ人生

［45］

劉伶著二酒徳頌一、意気所レ寄。（文学第四・69）
伶雖二陶兀昏放一、而機応不レ差。未三嘗厝二意文翰一、惟著二酒徳頌一篇一。（晋書巻四九劉伶伝）

劉伶は「酒徳頌」を著す、意気の寄する所なり。

伶は陶兀にして昏放なりと雖も、機応差はず。未だ嘗て意を文翰に厝かず、惟だ「酒徳頌」一篇を著はすのみ。

○「酒徳頌」『文選』巻四七に収録。酒の徳をほめる歌。「頌」は、文体の名で、四言句を並べた韻文を基調とする。
○陶兀　陶然としているさま。
○昏放　分からなくなるさま。酔って正体をなくしたさま。
○機応　機敏な対応。

【現代語訳】 劉伶は「酒徳頌」を書いた。（酒の素晴らしさをうたった）文章で、酒三昧で生きる己の精神を書き表したのである。
劉伶は常に酒を飲んでうっとりとして正体をなくしていたが、それでも（肝心なときには）物事にきちんと対応していた。文章を書くことにのめり込むというようなことは一度たりもなく人生を送り、ただ「酒徳頌」なる一篇を書き残しただけだった。

【解説】 劉伶は大酒飲みにふさわしく、酒の素晴らしさをうたった「酒徳頌」を書いていて、『文選(もんぜん)』に収録されよく読まれてきました。しかしその文章のほかには現在では詩一首しか残されていないので、文学者というより、酒飲み以外の何物でもない強烈な存在者で、「酒徳頌」の世界はその面目躍如の文章です。自得した内面世界に浸る大人先生なる人物のところに、搢紳処子(しんしんしょし)とか貴介公子(きかいこうし)とかといったと脂ぎった体制予備軍たちがワイワイザワザワ押しかけて、先生にもっと真面目に今の時代を生きろと声高に詰め寄ります。そのとき大人先生は酒に酔いつぶれまともに応対しないで（応対できずに、でしょうか）、酒の徳（すばらしさ）を滔々と歌いあげます。歌の箇所のみが韻文になっています。彼の前では上昇志向の俗物でしかない青年たちは相手にされず、スゴスゴと立ち去っていくしかないのです。この作品の中での大人先生からは、[43]でみたような生活者劉伶から発せられた大言壮語の痛罵の弁は一切述べられていません。両者を並べて見れば劉伶の言動（二次資料）と作品（一次資料）とのそれぞれの意味が見えて面白いと思います。

劉伶の出仕については[43]で述べたように明らかでなく、資質的にも思想的にも官吏として失格者というイメージも仕方ないところです。それでもいつもいつも酒で正体を無くしていたというわけではないのが日常だったと思いますが、語られる挿話はすべてが任達(にんたつ)の羽目を外したものなので、伝えられる言動そのものが文学的感興を呼ぶ逸話表現として読まれていたということになるでしょう。

[46]

劉伶病レ酒、渇甚、従レ婦求レ酒。婦捐レ酒毀レ器、涕泣諫曰、「君飲太過、非二摂生之道一、必宜レ断レ之。」伶曰、「甚善。我不レ能二自禁一。唯

○必宜断之　「宜」は、するのが宜しいでしょう。一句は、やんわりと諫める言い方。

当下祝二鬼神一、自誓断上レ之耳。便可レ具二酒肉一。」婦曰、「敬聞レ命。」供二酒肉於神前一、請二伶祝誓一。伶跪而祝曰、「天生二劉伶一、以レ酒為レ名、一飲一斛、五斗解レ醒。婦人之言、慎不レ可レ聴。」便引レ酒進レ肉、隗然已酔矣。

（任誕第二三・3）

劉伶は酒に病み、渇くこと甚だしく、婦に従ひて酒を求む。婦は酒を捐て器を毀ち、涕泣して諫めて曰はく、「君 飲むこと太だ過ぎたり。摂生の道に非ず、必ず宜しく之を断つべし」と。伶曰はく、「甚だ善し。我は自ら禁ずること能はず。唯だ当に鬼神に祝り、自ら誓ひて之を断つべきのみ。便ち酒肉を具ふべし」と。婦曰はく、「敬んで命を聞けり」と。酒肉を神前に供へ、伶に祝誓せんことを請ふ。伶は跪きて祝りて曰はく、「天の劉伶を生むは、酒を以て名を為さしむ、一飲一斛、五斗 醒を解く。婦人の言は、慎んで聴くべからず」と。便ち酒を引きて肉を進め、隗然として已に酔へり。

○当祝鬼神　「当」は、（当然）…しなくてはならぬ。
○斛　容量の単位で、十斗をいう。[17]の語釈を参照。
○解醒　二日酔いを醒ます。
○隗然　酔いつぶれるさま。

【現代語訳】　劉伶は酒に溺れ、いつも喉が渇いて飲みたがり、（このときも）妻の傍らから離れず酒をせびった。（今日ばかりは業を煮やした）妻は酒をぶちまけ、酒器を毀して、そうして泣きながら夫を諫め、「あなたのお酒はとてもとても限度を超えています。こんなのでは、身体を毀しておしまいになりますから、必ず今からお酒をお断ちになるのが宜しゅうございます」と、訴えた。すると劉伶は、「そうか、そうか、とてもよい機会だ。だけどわたしは自分からは断酒できない性分だ。であるからもう、ただただ神様にお祈りして酒を断つことをお誓いしなければならぬ。今すぐ、酒と肉とをお供えするように」と妻に命じた。妻は喜んで、「敬んで旦那様のご命令をお聞きしました」と言って、（大急ぎで）酒と肉とを用意した。（そうして）酒肉を神前に供えると、妻は夫に、お祈りして誓ってくださいとたのんだ。劉伶は神前にひざまずき、（朗々と）祈りはじめた、「天が劉伶を生んだのは、酒飲み劉伶と名づくため。一たび飲めば一斛、五斗の酒は二日酔いを醒ます程度。婦人の言は、慎んで聴くべからず」と。（そう言い終わったかと思うと、）すぐさま酒を引きよせ肉を食らい、いい気分になってあっという間に正体なくぐでんぐでんに酔いつぶれてしまっていた。

【解説】　ここまでの挿話でも十分すぎる面目躍如たる酒飲みですが、彼にも家庭があったのです。それもなかなか賢明な妻が控えていて、「酒に病む」、アル中気味の夫の身体をいつも案じ、あるとき思いあまった彼女は決然と酒を捨て杯を壊して、涙ながらに酒を金輪際止めてくれと懇請します。そのときの妻の言葉はきっぱりとした三段論法です。「当」でなく、「宜」を用いていて、妻が夫に表向きは、鄭重に断酒をお願いしている雰囲気を醸し出しています。きわめて冷静に夫の理性に直角に切り込みます。しかし妻の物言いと振る舞いにはすでに芝居がかった所があります。それに対して夫はそこは落ちついたもの、どこにでもいる飲んべえとは違います。よくわかった、だけど自分ではなかなか酒を断つことができない、どうしたものか、そうだ神様の前で誓わなければならない。夫は「当」の一字を強めます。思いついた自分のことばに飛びつくようにして、「便」、直ちにとかぶせます。このときふと、彼はしてやったりと自分の思いつきに内心微笑んだに違いありません。劉伶は自分の理屈に自分で酔っていたのでしょう、口先から出てくる言葉に興奮して、そうだすぐさま神様に酒と肉とをお供えしなくっちゃ、と言います。ここまで来ればもう十分に芝居はたけなわです。もともと妻のほうから切り出した演技だったのですから、妻は「敬んで命を聞けり」と悪乗りする。近代の戯作小説なら、あんたはそんなことを言ってまたぞろ私をだまして、飲んでしまうおつもりなんでしょう、と泣き崩れる修羅場が描写されることでしょうが。ここまでの笑劇に、読み手は、どのようにして主人公は酒を飲んでしまうのだろうと知りたくなります。さあ誓ってくださいと言うように、酒と肉とが神前に供えられると、その前に跪いて劉伶は声に出して神様に祈ります。その口上が「四言六句」の韻文です。ここでは、偶数句末の名(メイ)・酲(テイ)・聴(テイ)、及び第一句末の伶(レイ)とが押韻しています。妻は夫の後ろで控えながら祈りのことばを聞いています。朗々と述べられる神への口上は、しかしいつしか神様のお告げの声となって、夫本人と夫の後ろに控える妻とに披瀝されていく仕掛になっています。神様が夫人の言など聞いてはならぬとおっしゃる、もはや神様の意思だからと、「便」、すぐさま酒を引きよせてあおり、肉を食らったかと思うと、すでに酔いつぶれる劉伶でした。ここのやりとりのありありとした臨場感は、『世説新語』の語りのうまさにあるとしか言い様がありません。もはやそんなやりとりが実際の生活の事実としてあったか無かったか、それは問題では無く、夫婦二人の登場人物の手練手管の見事な一幕を、読み手は楽しむことができるのです。このような劇場が大酒飲みの、ときとして妻をもだますミミッチイ酒飲みの、劉伶の生活だった、しかも劉伶は宇宙に身を置く発想の大きな、小柄で容貌の冴えない男だったのです。

第四章

琵琶と愛の自由人

阮咸（げんかん）

（一）背伸びした少年期の反撥

［47］

阮仲容・歩兵居道南、諸阮居道北。北阮皆富、南阮貧。七月七日、北阮盛曬衣、皆紗羅錦綺。仲容以竿挂大布犢鼻幝於中庭。人或怪之、答曰、「未能免俗、聊復爾耳。」（任誕第二三・10）

阮仲容・歩兵は道の南に居し、諸阮は道の北に居す。北阮は皆富み、南阮は貧し。七月七日、北阮は盛んに衣を曬し、皆紗羅錦綺なり。仲容は竿を以て大布の犢鼻幝を中庭に挂く。人或いは之を怪しめば、答へて曰はく、「未だ能く俗を免かれず、聊か復た爾するのみ」と。

○七月七日　初秋のこの日、衣更えの準備で、虫干しや洗い張りをする習慣があった。

○紗羅錦綺　薄絹や、錦の文模様のある衣類。

○犢鼻幝　したばき、ふんどし。仔牛の鼻のような盛り上がりに見えるので、こう言う。「犢鼻」は仔牛の鼻、「幝」は「褌」に同じ。

○聊復爾耳　「聊」、まあまあ、ちょっと。「爾耳」、そのようにしただけだ。

【現代語訳】　阮仲容（阮咸）や阮歩兵（阮籍）の家族は道の南に住み、他の阮一族たちは道の北に住んでいた。北に屋敷を構える阮氏は皆 裕福な暮らしで、一方の南側に住む阮氏は貧しかった。七月七日、北の阮氏では多量に衣類をさらして虫干ししていて、それらはすべて薄絹や錦の文模様の見事なものばかりだった。（それを見た）仲容は中庭で、竿に大きな布のふんどしをぶらさげた。ある人が怪しむと、答えて言った、「まだ自分は世俗意識を逃れなくて、まあこんな風にやっただけなんだ」と。

【解説】 阮咸（字、仲容）は阮籍の兄阮熙（き）の子ですが、武都太守を勤めた阮熙がどのような人物であったかは知られていませんが、息子の阮咸は紛れもなく叔父の阮籍の過剰な反俗の言動を受け継いでいました。少年時代から、外見的なものに価値をおく俗気を嫌悪し、激しく反撥していたことを、本文は伝えています。その利かん気は、北阮一族の裕福な生活を見せつける絢爛たる絹や錦の衣装に対して、これ見よがしに露悪的に大きな褌を掲げたのです。その行為を大人気ないといぶかる者に、こちらもまた対抗意識なる俗気が逃れられず、まだまだ自分は未熟なんで、と言ってのける。そのように一方では同時に、自己を冷静に分析もし、十分大人びた自他への批評意識も備えていたのです。

---

［48］ 阮渾長成、風気韻度似ㇾ父、亦欲ㇾ作ㇾ達。歩兵曰、「仲容已預ㇾ之、卿不ㇾ得二復爾一。」

（任誕第二三・13）

阮渾（げんこん）は長成し、風気韻度は父に似て、亦（ま）た達を作さんと欲す。歩兵曰はく、「仲容已に之に預（あづ）かる、卿（けい）復（ま）た爾（しか）るを得ざれ」と。

○阮渾 （?-?） 一説に、字が「長成」ともいう。阮籍の子。西晋に仕え、太子中庶子になる。
○長成 「成長」に同じ。
○風気韻度 見た目の風采や振る舞い。
○達 放達。自由奔放に振る舞うこと。
○卿不得復爾 「卿」は、おまえ。目下や親しい友人に対して、呼びかける二人称。「不得復…」は、決して…するでないぞ。「復」は、強調する意。「爾」は、「然（そのように）」と同じ。

【現代語訳】　阮渾は成長していくにつれ、だんだんとその風気韻度が父親の阮籍に似てきて、彼もまた放達の言動をしたがっていた。阮歩兵（阮籍）は息子に「仲容（阮咸）がもうすでに放達の仲間入りをして、奔放に振る舞っている。おまえまで仲間入りしなくていいのだ」と言った。

【解説】　阮咸の叔父の阮籍には阮渾という息子がいて、成長するにつれて性格も行動も父親に似てきたとき、自分の任誕の言動はすでに阮咸がしているから、おまえまで真似することはない、と戒めたとする話です。阮熙が遠くの地に赴任していたので、おそらく四六時中甥の成長を見守りながら阮籍はそばにおき、可愛がっていたに違いなく、阮咸の方でも年の離れた兄のように叔父を慕い、その任誕の言動を羨望の念で見ていたのでしょう。真似は阮咸だけで十分、お前はお前の道を行け、と成長ざかりの息子に言うのは、なんだか阮籍らしくない戒めにもうつります。それはうわべだけの任誕の真似に見るに見かねた忠告だったかも知れません。魯迅は「魏晋の風度・文章と薬・酒の関係」の講演録で、この話を引き、阮籍は実は自身の行動・生き方を必ずしも良くは思っていなかったのだと評しています。そうであるなら、おそらくは苦い思いを抱えて褊激（へんげき）する己の内から絞り出すように言い放った言葉ではあるでしょう。この話を阮籍の章で取り上げずにこの章で読むのも、息子に注意する阮籍を見て、阮咸がどのように思ったか、苦笑いせざるを得なかったか、それとも大笑いしたか、筆者には大笑いする阮咸の姿が浮かぶからです。

もう一つ、親子関係ということで言えば、一番近い存在に対して父親としての距離の取り方の難しさがうかがわれるようなところが筆者には感じられます。阮籍が強いて付け加えた、弁明口調であったとも言えるかも知れません。そのように言われて阮渾は全うに生きなければと思い直した、などとも到底思えませんが、しかし親の言いつけを守ったのか、彼の事跡として目立った奇矯を伝える話もないようです。後の[93]ですこし阮渾に触れますが、そこで「器量が大きかった」とある点など、やはり阮籍の本質的なものを受け継いだと歴史的にはみなされています。

（二）豪快な酒

[49] 諸阮皆能飲レ酒。仲容至二宗人間一共集、不下復用二常桮一斟酌上、以二大甕一盛レ酒、囲レ坐、相向大酌。時有二群豬一来飲。直接去上、便共飲レ之。（任誕第二十三・12）

諸阮は皆能く酒を飲む。仲容は宗人の間に至りて共に集ふに、復た常桮を用て斟酌せず、大甕を以て酒を盛り、坐を囲み、相向ひて大いに酌む。時に群豬有りて来りて飲む。直ちに接去して上り、便ち共に之を飲む。

○宗人　一族の者。親戚。
○斟酌　酒を酌んで飲む。
○接去　迎え入れては豚と交じって。
○上　豚の上になって。一説に、豚を座に上がらせる。
○便　大急ぎで。

【現代語訳】 阮一族全員が皆 大酒飲みだった。ある日、阮仲容（阮咸）が一族のたまり場に出かけると、さっそく酒盛りがはじまったが、ふつうの盃に酒を注いで酌みかわすことなどはせず、大がめになみなみと酒を盛り、車座になって（柄杓ですくって）飲んでいた。そこへ群れをなして豚が割り込んできて酒を飲みはじめた。すると仲容はすぐにそれらの豚と押し合い圧し合いしては、争うように（大がめに首を突っ込んで）一緒に酒を飲んだ。

【解説】 阮咸も他の七賢、とくに阮籍や劉伶に劣らず、大酒飲みでした。しかもその酒はどこまでもさっぱりとした人間性にふさわしい豪快な酒でした。阮籍が苦しげで胃を痛めるほどの、保身の酒であったのと異なります。また、劉伶が酒の徳を謳歌し、同時に奥さんの後をついて回っては酒をせがんだりだましたりして飲むといった、いささかアル中気味の酒癖があったのとも違った酒飲みでした。あっぱれな酒飲みだったことを伝えるのが、本文です。一族の者たちが車座になって満々とたたえて大甕から直接汲んで飲んでいるところに、群がった豚が押し入ってくる、（さすがに逃げ出した一座もかまわず）阮咸は豚の群れと競争するように押し合い圧し合い、上になり下になりして、我先に甕に直接首を突っ込んで飲んだ。飲んべえの真の正体、ここにありといった浅ましさでしたが、豚とも分け隔て無い、あっぱれな飲みっぷりだったのです。

（三） 束縛されない愛

［50］ 阮仲容先幸二姑家鮮卑婢一。及レ居二母喪一、姑当二遠移一、初云レ当レ留レ婢、既発、定将去。

○姑 おば。父親の姉妹。
○鮮卑婢 鮮卑族（モンゴル系の遊牧民族）出身の

仲容借二客驢一著二重服一自追レ之、累騎而返。曰、「人種不レ可レ失。」即遥集之母也。（任誕第二三・15）

阮仲容は先に姑の家の鮮卑の婢を幸す。母の喪に居るに及び、姑は遠く移るに当たり、初めは当に婢を留むべしと云ふも、既に発すれば、定つて将ゐて去る。仲容は客の驢を借り重服を著て自ら之を追ひ、累騎して返る。曰はく、「人の種は失ふべからず」と。即ち遥集の母なり。

小間使い。
○定　しかし。予想に反して。「却」「乃」と同じ。
○著重服　著は、「着」と同じ。重服は、親の喪中に着る喪服。
○遥集　阮孚（?－?）の字。

【現代語訳】　阮仲容（阮咸）は前々から叔母の家の鮮卑族の小間使いを寵愛していた。彼が母親の喪に服しているとき、叔母は遠くに移り住むことになった。はじめのうちはその小間使いを必ず置いていくと約束していたのだったが、いざ出発してみると、なんと（約束に反して）小間使いを連れて行ってしまった。それを知った阮咸は弔問客のロバを借りて、喪服のまま自ら後を追いかけ、そうして彼女と一緒にロバに乗って戻ってきた。そして、「おれの子種は絶やすわけにはいかない」と言ったのだった。彼女こそ、阮遥集の母親なのである。

【解説】　阮熙の妻であった母親の喪に服しているときの話です。阮咸の行動はまことに喪主としてふさわしからぬものです。母親の喪中における阮籍の反礼のパフォーマンスにも通じますが、しかし酒同様、阮籍の性質とはがらりと違うようです。阮籍の場合は母の死を悲しむ切羽詰まった印象を与え、いかにも苦しげな反礼行為の実行ですが、阮咸にあっては、喪中の行為であることから逆に奔放さが強く印象づけられる、悠揚迫らず淡々と事を運ぶ大らかさといった彼の持ち味です。事は異民族の、そして下女なる身分の、二つのハードルを、軽々と飛び超える行動に、気持ちの良さが感じられます。叔母は阮熙と阮籍の姉妹で、葬儀から服喪の期間、侍女をともなって実家に滞在していたのでしょう。阮咸が侍女をたいそう気に入っていたことを、叔母は言葉に出してとがめたりはしない、いや眉をひそめるということも無かったかも知れません。そこには叔母なりの理解があったに違いないが、しかしそれでも後々面倒なことにならないように穏便に事を運ぼうと、約束に反して阮咸には黙って侍女を連れて帰ろうとしたのです。己の心情に忠実のままにあっけらかんと行動してしまえるところが、阮咸にはありました。弔問にやってきた客人のロバ（馬でなく、ロバなのです）を借りて、喪服のままトコトコ急いで後を追いかけて連れ戻す、ユーモラスな展開として破天荒な行為を伝えています。さらに、この女の腹の中にはおれの子供がいるから、とあっけらかんと現場にいた人たちの不興を笑いとばしてしまいます。このように阮咸は、そこまでやってしまっても、そこまで言ってしまっても、場を和ませることができる、大様で胸いっぱいに余裕のある人であったようです。こういう姿を見ると、[47]の少年時代の背伸びした反撥も成長期の微笑ましいものにうつるから不思議です。

もちろん喪中の礼をうるさく言う連中からは食いつかれ、阮咸の行為は世に物議をかもしました。劉孝標の注には王隠の『竹林七賢論』を引き、喪中であるにもかかわらず女を追いかけたので「世議は紛糾」し、なおかつそれが原因か、阮咸は魏末の官界から身を避けざるを得ず、やっと晋の成立後二十年をへた咸寧（かんねい）年間になって、「始めて王途に登った」との説を立てています。

なお、このとき侍女の腹の中にいた息子は、のちに東晋の丹陽尹（いん）（丹陽郡の長官）になった阮孚（ふ）で、その字は、後漢・王延寿の「魯の霊光殿の賦」（『文選』巻一一）に、宮殿の上方の柱近くに胡人が集まるさまが描かれていることを詠じた「胡人遥集於上楹」（胡人（こじん）は遥（はる）かに上楹（じやうえい）に集（あつ）まる）の句の二字から取った「遥集」でした。阮咸にはもう一人、正妻の産んだ阮瞻（せん）がいました。ともに終章の[93]ですこし触れます。

（四）音律の天才と琵琶

［51］

荀勗善解音声、時論謂之闇解。遂調律呂、正雅楽。毎至正会、殿庭作楽、自調宮商、無不階韻。阮咸妙賞、時謂神解。毎公会作楽、而心謂之不調、既無一言直。勗意忌之、遂出阮為始平太守。後有一田父耕於野、得周時玉尺。便是天下正尺。荀試以校己所治鍾鼓・金石・糸竹、皆覚短一黍。於是伏阮神識。

（術解第二〇・1）

荀勗は善く音声を解し、時論之を闇解と謂ふ。遂くて律呂を調へ、雅楽を正す。正会に至る毎に、殿庭に楽を作し、自ら宮商を調へ、韻に階はざる無し。阮咸は妙賞なり、時に神解と謂ふ。公会に楽を作す毎に、心に之を調はずと謂ふも、既に一言も直す無し。勗は意に之を忌み、遂くて阮を出して始平太守と為す。後に

○荀勗　（？－二八九）字は公曽。西晋の侍中など。
○闇解　どんな音階も暗黙の内に理解できる。
○雅楽　宮廷音楽。
○正会　正月の儀式。
○宮商　宮・商・角・徴・羽の五音階のうち、基本となる二音。そこから、音律・音楽のことを言う。
○妙賞　絶妙の鑑賞能力。
○神解　神がかった理解力の持ち主。
○始平太守　始平郡（陝西省）の長官。
○正尺　標準となる正しい物差し。
○鍾鼓・金石・糸竹　あらゆる楽器をいう。
○一黍　基準となる度量衡の単位。黍（きび）一粒が

一田父の野に耕し、周時の玉尺を得る有り。便ち是れ天下の正尺なり。荀は試みに以て己の治むる所の鍾鼓・金石・糸竹を校するに、皆短きこと一黍なるを覚ゆ。是に於いて阮の神識に伏す。

一分（一寸の十分の一）。
○神識　神がかった識見。
○「術解」　篇名。音楽・占筮・相宅などの特殊な技術にすぐれる話。

【現代語訳】　荀勗は音階をよく理解し、当時において、「闇解」の人だと評価されていた。それで律呂をととのえ、雅楽を正していた。毎年正月の儀式に宮殿の庭で雅楽が演奏されるたびに、みずから音律をととのえ、よく韻律にかなっていた。（ところで）阮咸は絶妙の音律鑑賞ができる人だった。当時、「神解」の人だと評価された。その彼は、公式の会の演奏のたびに、（荀勗の調律に対して）心の中ではどうもふさわしい調律でないと思っていた。そのことを一言も口に出さなかったのだが、（しかし）荀勗の方では（阮咸の心の疑念を察知していて）内心彼を嫌い、避けていたので、それで阮咸を都から追い出して、始平太守にした。後に一人の農夫が野を耕していたとき、周代の玉尺を見つけた。なんとこれが天下の正尺であった。荀勗は試みにこの玉尺で自分が調律した鍾鼓・金石・糸竹などの楽器を確認してみると、ことごとく一黍の分だけ短いことが分かった。それではじめて阮咸の神識に感服させられたのである。

【解説】　後世、阮咸の名は、何よりもその名を冠した琵琶でよく知られています。胴が円形、もしくは八角形、長い棹の弦楽器で、六朝時代には「秦琵琶」と呼ばれていたが、阮咸の演奏が有名になり、唐代には「阮咸」と名付けられたのです。我が国に伝来し、正倉院の御物を代表するものは、円形で、紫檀に螺鈿を施した美しい逸品です。

阮咸は耳がすぐれていて、「神解」と言われ、時の雅楽を制定する荀勗からはライバル視されていました。それでも阮咸は荀勗に関わらない部署にいる役人で、制定された雅楽についてもまったく意見を述べることもなかったのですが、しかしそのことをめぐってかねがね内心では阮咸がどう思っていたかを大いに気に病んでいた荀勗は、積もり積もった恐れから、ある機会を利用して彼を都から遠ざけて、西方の始平の太守に左遷させてしまうのです。この話にはもちろん落ちがあって、のちに、阮咸の音感の方が正しかったとする証拠の周代の玉尺が出てきて、勝負があったことが記載されています。

（五）寡欲な出仕

［52］ 山公挙二阮咸一為二吏部郎一。目曰、「清真寡欲、万物不レ能レ移也」。（賞誉第八・12）

山公は阮咸を挙げて吏部郎と為さんとす。目して曰はく、「清真にして寡欲、万物も移すこと能はざるなり」と。

○吏部郎　吏部（文書などを司る官庁）所属の役人。
○目　評価する。山濤には人事担当官として推挙したときの、評価して書き記した「山公啓事」が残っている。［69］を参照。
○「賞誉」　篇名。人を賞賛する話。

【現代語訳】　山公（山濤どの）は阮咸を推挙して吏部郎としようとした。（そのとき山濤が書いた推挙の題目には）彼を評価して言った、「清廉で真面目な人物で、野心がないので、何人も彼の信念を曲げることはできない」と。

【解説】　阮咸はいつ頃司馬昭体制の世に出仕したのか、阮籍の存命中か、死後まもなくか、司馬昭が亡くなりその子の司馬炎が魏から禅譲されて晋朝が成立して以後か、今ひとつはっきりとは分かりません。本文は、すでに散騎郎になっていた阮咸を、山濤が吏部郎に推薦する話で、そのときの推挙の辞が、阮咸の本領を言い当てています。確立した信念を持し、まわりに決して付和雷同しない点を山濤は強調していますが、まわりから一目置かれていたであろうことは疑いないにしても、そもそも「寡欲」とか、「万物も移すこと能はず」とかですから、阮咸が権力の中枢にいることは終生ありませんでした。

［53］

咸字仲容、陳留人、籍兄子也。任達不拘、当世皆怪其所為、及与之処、少嗜欲、哀楽至到、過絶於人。然後皆忘其向議。為散騎郎、山濤挙為吏部、武帝不用。太原郭奕見之心酔、不覚嘆服。解音、好酒以卒。（同注所引名士伝）

咸字は仲容、陳留の人、籍の兄の子なり。任達にして拘せられず、当世皆其の為す所を怪しむも、之と処るに及べば、嗜欲少なく、哀楽の至到は、人を過絶す。然る後皆は其の向の議を忘る。散騎郎為るとき、山濤は挙げて吏部と為さんとするも、武帝は用ゐず。太原の郭奕は之を見るや心酔し、覚えず嘆服す。音を解し、酒を好んで以て卒す。

○任達不拘　自由気ままに行動して、世間の常識にとらわれない。
○向　「前」と同じ。
○郭奕（？－？）　字は太業。西晋の尚書。
○『名士伝』　［44］の語釈を参照。

【現代語訳】 阮咸、字は仲容で、陳留の人、阮籍の兄（阮煕）の子である。何物にも縛られない自由人で、当時の人たちは皆、彼のやることが理解できなかったが、それでも彼と一緒にいる機会が増えると、彼は嗜欲が少なく、哀楽の極端な感情が人一倍激しいことが分かってきたので、誰もがはじめて、それまでの彼についてのとやかく言われてきた議論を忘れてしまった。散騎侍郎だったとき、山濤は彼を推挙して吏部郎としようとしたが、そのとき晋の武帝は任用しなかった。太原（山西省）出身の郭奕は彼を見るとすぐに心酔し、思わず感服した。阮咸はよく音律を理解し、酒好きの人生を送って亡くなった。

【解説】 本文は、[52]の注が引く『名士伝』の文章です。山濤が散騎郎になっていた阮咸を吏部郎に推薦したが、武帝には採用されなかったことが書き留められています。『名士伝』が言うのは、そもそも反礼教のレッテルを貼られた人には違いないだろうが、親しく付き合っていると、寡欲で感情が豊か、任達の世評とはひと味違う人となりが分かったとするもので、人間関係にあって他人に対する罵倒や排撃の少ない阮咸の大様な人となりは、分かる人には分かったであろうことは十分想像できます。さらにここでは、山濤以外にも彼の真価を評価する者がいて、当時の名士郭奕が一目見ただけで阮咸に心酔していたと伝えています。ここでは阮咸を賞めているのはもちろんですが、同時に、即座の人物理解にすぐれることも、並でない才能の表れとして六朝知識人には評価されるので、郭奕の名前も書き残されているのです。

なお、このときの山濤の阮咸推薦が武帝に受けとめられなかったことをめぐっては、山濤の章の[71]でも述べることにします。

[54] 吏部郎史曜出処、缺。当レ選、濤薦レ咸曰、「真素寡欲、深識清濁、万物不レ能レ移也。」

○史曜（？－？）
○出処　仕官するか、退任するか。ここでは、役職

若在官人之職、必妙絶於時」。詔用陸亮。（同注所引山濤啓事）

吏部郎の史曜は出処し、缺く。選するに当たりて、濤は咸を薦めて曰はく、「真素にして寡欲、深識にして清濁、万物も移すこと能はざるなり。若し官人の職に在らば、必ずや時に妙絶せん」と。詔ありて陸亮を用ふ。

を辞任するの意。
○陸亮（?－?）字は長興。西晋の吏部尚書。
○『山濤啓事』『山公啓事』のこと。[69]を参照。

【現代語訳】 吏部郎の史曜が勤めを辞めて、欠員ができた。選抜することになって、山濤は阮咸を推薦して言った、「もともと誠実な人柄で欲が少なく、深く物事を理解でき、清か濁かをよく認識できるので、どのような事があっても、自身の本領を変えることはない。もしここで彼が吏部郎に就けば、必ずや時代のなかで力を存分に発揮するようになるだろう」と。（だが、）詔があって、陸亮が採用された。

【解説】 本文は同じく[52]の注が引く文章です。『山公啓事』については山濤の章の（四）で紹介しますが、山濤は人事担当官としてきわめて力を発揮し、それぞれの人物推薦の文章が『山公啓事』として残されています。ここでは前の[52]に出てきた阮咸推薦の「清真寡欲」に、さらに「深識清濁」の四字が加わっています。阮咸には臨機応変に事態に対処できる沈着な見識と大らかさがあって、政治の中枢に入れば、役立つ人材であると見解を述べています。官僚としての力量を十分に持っていて、今後に期待できる旨を上奏したのですが、ここでは阮咸のことを語ると同時に、山濤が理想とする官僚像に基づく見解です。それが単なる人事官としての役目遂行に終わらない山濤自身の自負でもあったのです。

第五章

哲学する向秀（しょうしゅう）

（一）屈辱の仕官と「思旧賦」

［55］

嵆中散既被誅、向子期挙郡計入洛。文王引進、問曰、「聞君有箕山之志、何以在此。」対曰、「巣・許狷介之士、不足多慕。」王大咨嗟。

（言語第二・18）

嵆中散既に誅せられ、向子期は郡計に挙げられて洛に入る。文王は引進して、問ひて曰はく、「君は箕山の志有りと聞くに、何を以て此に在るや」と。対へて曰はく、「巣・許は狷介の士にして、多く慕ふに足らず」と。王は大いに咨嗟す。

○郡計　郡の計吏。郡の会計を一年ごとに朝廷に報告することになっていた。

○箕山之志　隠遁の志をいう。伝説では、堯帝から の譲りを拒絶して、巣父と許由が箕山（河南省）に隠れた。

○狷介　頑固に自分を守って、まわりと妥協しない。

○咨嗟　ため息をつく。ここでは、感心することを言う。

○「言語」　篇名。言語センスにすぐれる話。

【現代語訳】　嵆中散（嵆康）が誅殺された後に、向子期（向秀）は郡の計吏に任用され、都洛陽にやってきた。文王（司馬昭）は彼を呼び出して、「君は箕山の志をもっていると聞いていたが、どうして今ここにやって来たのかね」と尋ねると、彼は答えた、「あの巣父や許由は依怙地な人たちで、とりたてて慕うほどのものではありません」

と。文王はなかなか見事な返答だと感心した。

【解説】　嵆康が刑死すると、ほどなく向秀（字は子期）は郷里の河内郡（河南省）の会計担当になり、都へ財務報告の任務を負って出かけます。洛陽に着くと、司馬昭に面会させられ、そこで彼から尋問のような嫌みを言われたのでした。隠遁を貫く信念を捨てたのかね、と。権力者は直接口にこそ出しませんでしたが、仲間として行動を共にしてきた嵆康が亡くなったから自分も危ないと恐れ、大急ぎで役人になったのか、という意味であることは明らかでした。そのときの答え次第では、向秀の身辺も危ういスリリングな会見なのでした。向秀は、かつての隠者の生き方はかたくなすぎ、自分の理解が独りよがりでしかなかったことがはっきりとしたからです、と弁明します。なんという屈辱でしょう、信条を棄てた苦さをかみ殺して転向告白させられたのですから。これまでの信念を権力者の前で事もなげに捨て去って、即妙な応答でもって踏み絵を踏んだのです。

このときのやりとりを収載している言語篇は小気味よい言葉で言ってのけたセンスが評価された話が多く、この向秀の弁明も、まかり間違えたなら殺されるかもしれなかった場面での、たしかに巧みに命拾いした機転が発した言葉でした。でもどうでしょうか、権力者も許さざるを得ない、まわりの者たちをも納得させる言葉ですが、その響きは決して小気味よいものであったとは言えず、苦さばかりが残るものでした。あっさりと信念を捨てたのだと皆の前で宣言させて言質を取ること、絶対の権力者の側はそれが目的なのですから、それ以上は向秀を問いつめない、納得できたぞと言うだけなく、なかなかうまいことを言うではないか、感心したぞ、とうわべは褒めているわけです。そのうわべだけ褒められた向秀の苦しい弁明の言葉を、気の利いたセンスある言葉だったと称賛されたと、言語篇で読まされることには、筆者には歴史の裁断の苛酷さがどうしても重く残ります。

［56］

秀字子期、河内人。少為同郡山濤所知、又与譙国嵆康・東平呂安友善、並有抜俗之韻。其進止無固必、而造事営生、業亦不異。常与嵆康偶鍛於洛邑、与呂安灌園於山陽、不慮家人有無、外物不足佛其心。弱冠著儒道論、棄而不録。好事者或存之。或云、是其族人所作、困於不行、乃告秀、「欲仮其名」、秀笑曰、「何復爾耳。」（同注所引向秀別伝）

秀字は子期、河内の人。少きとき同郡の山濤の知る所と為り、又た譙国の嵆康・東平の呂安と友善たりて、並びに抜俗の韻有り。其の進止は固必する無く、造事営生、業も亦た異ならず。常に嵆康と偶に洛邑に鍛し、呂安と山陽に灌園し、家人の有無を慮からず、外物も其の心に怫るに足らず。弱冠にして「儒道論」を著すも、棄てて録さず。好事者 或いは之を存す。或いは云ふ、是れ其の族人の作る所にして、行はれざるを困み、乃ち秀に「其の名を仮りんと欲す」と告げば、秀は笑ひて曰はく、「何ぞ復た爾するのみや」と。

○韻　風韻。風雅な趣。
○進止　出処進退。
○無固必　頑固に固執するというところはない。
○造事営生　やることや暮らしむき。
○佛其心　外物に自分の心がかき乱される。
○弱冠　二十歳。［16］の語釈を参照。
○「儒道論」　現在には伝わらない。
○『向秀別伝』　『文選』李善注にも引かれるが、撰者不明。

【現代語訳】　向秀、字は子期、河内の人。若いとき同郡の山濤に知られ、また譙国の嵆康、東平の呂安と友情を結び、いずれも超俗の雰囲気の持ち主だった。彼の出処進退は片意地を張るところはなく、その言行も生活も、そのスタイルは変わり者というところはなかった。常日頃嵆康と一緒に洛陽の町はずれで鉄を鍛え、呂安とは山陽で畑仕事をして、家族の生活の心配もせず、（自分の心をなによりも大事にし）外物のために自分の心がかき乱されることなどなかった。二十歳のときに「儒道論」を著したが、うち棄てて自分の所に残しておかなかった。ただある好事者がそれを保存していた。（ところで）その著書に関しては、異説として、（実は向秀の）同族の者が書いたものだったのだが、世間に伝わらないことを惜しんで、それで向秀に「名前を借りたい」と言ったところ、向秀は笑いながら、「どうしてそんなことをする必要があるだろうか、必要ないよ」、と（すげない）答えが返ってきた、とも伝わっている。

【解説】　[55]の注が引く『向秀別伝』には、向秀の出自、同郷の山濤を通しての嵆康と呂安との交友、彼の信念と生活態度が紹介されています。彼らは共に「反俗」の人で、向秀は洛陽では嵆康と鉄を鍛ち、山陽では呂安と畑仕事をしていたと言っています。そのように生活を共にするほどの意気投合ですが、ただしその性格は嵆康や呂安とは少し異なるところがあり、とくに出処観については二人とは違い、「固必」するところがなかったと述べています。もっともこの解釈は、刑死した二人に対して向秀はやがては出仕した、その結果から判断されるところがあったかも知れません。ともあれ向秀その人の評価は哲学思想面にあり、若い頃から『荘子』への関心が深かったようです。本文では「儒道論」を執筆したものの、自著として公表するか否かということにも「固必」するところが無い、世間的名声に恬淡とした真の哲学する人であったことが伝えられています。ですから、或説も広まるのでしょうが、いずれにしろ荘子思想の体現者とも言えるでしょう。

[57] 向秀、字子期、河内懐人也。始有二不羈之志一、与二嵆康・呂安一善。康既被レ誅、秀応二本州計一入レ洛。（略）反自役、作二思旧賦一。後為二黄門郎一、卒。

（文選巻一六思旧賦李善注所引臧栄緒晋書）

向秀、字は子期、河内の懐の人なり。始め不羈の志有りて、嵆康・呂安と善し。康の既に誅せらるれば、秀は本州の計に応じて洛に入る。（略）反りて自ら役し、「思旧の賦」を作る。後に黄門郎と為りて、卒す。

○不羈之志　何ものにも束縛されないで生きるのだとする精神。○黄門郎　黄門侍郎。黄門（宮門）内の諸事を掌る。○『文選』[40]を参照。○臧栄緒『晋書』『隋書』経籍志二に、「晋書一一〇巻、斉の徐州主簿臧栄緒撰。」臧栄緒（四一五－四八八）は、劉宋・南斉を生きた。

【現代語訳】　向秀、字は子期、河内の懐の人である。はじめは不羈の志を持っていて、嵆康・呂安と仲が良かった。嵆康が誅に服してから、向秀は本州である河内の計吏になって洛陽にやってきた。（略）その帰途、（山陽の地に）自ら立ち寄り、そして（交遊した今は亡き嵆康・呂安を偲んで）「思旧の賦」を作った。後に黄門郎となって、亡くなった。

【解説】　同じく[55]の注が引く臧栄緒『晋書』の文章です。都での司馬昭とのやりとりが終わった後、都からの帰途か、別用で出張した他の折か、かつて嵆康と呂安と共有の時間を持った河内の山陽の旧居に立ち寄ったとき、隣家から聞こえる笛の音に嵆康らとの交友を思い出すのです。このときの向秀の消しようもない感傷と苦さが、「思旧の賦」（『文選』巻一六・哀傷の部）の作品を執筆した契機になっています。賦の中では「嵇康は志遠くして疎（粗雑だ）、呂は心曠くして放（放誕だ）」と長所短所を書いていますが、もちろん二人への批判ではなく、執筆時の情況からして彼らの正義、彼らの不条理な死を書けるはずはありませんでした。それでも、自己の窮地はいったんは乗り越え、旧居を訪ねて彼らとの交流を回想する事を賦として刻す、それだけで十分向秀の思いは残されたのです。その一節だけあげれば、

昔李斯之受罪兮、歎黄犬而長吟　／　悼嵇生之永辞兮、顧日影而弾琴　／　託運遇於領会兮、寄余命於寸陰　／　聴鳴笛之慷慨兮、妙声絶而復尋

昔 李斯の罪を受くるや、黄犬を歎きて長吟す
嵇生の永く辞するを悼む、日影を顧て琴を弾ず
運遇を領会に託し、余命を寸陰に寄す
鳴笛の慷慨を聴き、妙声の絶えて復た尋ぐ

死罪として処刑されるとき子供時代を振り返って黄犬と狩りができないことを嘆いた秦の李斯とは対照的に、嵇康は運命を受け入れ、夕日を振り仰ぎながら、最後の時間を弾琴に身を委ねた、その嵇康の慷慨を、いま隣の家から聞こえてくる笛の音に耳を澄ませて聴きいってはわたしは嵇康を思い出している。

と詠っています。そこでは笛の音に惹かれて懐古するという感傷が哀切を誘いますが、己の転向宣言した痛みは全く触れられていません。触れられてはいないだけに余計に、単なる懐古ではなく、自己の立つ位置を嘆く向秀の内面に、読む者の想いが寄せられるのは言うまでもありません。悲運に倒れた友人への極度に感傷的な心の奥には、屈辱までも受け入れて司馬昭政権下の一地方の小役人として生き、今ここにたたずみ笛の音を聞いている言葉には、尽くせぬ自己への無念が残ります。

（二）嵆康との「養生論」論争

［58］

嵆喜為康伝曰、「康性好服食、常采御上薬。以為、神仙稟之自然、非積学所致、至於導養得理、以尽性命、若安期・彭祖之倫、可以善求而得也。著養生論。」（文選巻五三嵆康養生論李善注所引）

又与嵆康論養生、辞難往復。蓋欲発康高致也。（晋書巻四九向秀伝）

嵆喜は康の伝を為りて曰はく、「康は性服食を好み、常に上薬を采御す。以為へらく、神仙は之を自然に稟く、積学の致す所に非ず、導養理を得て、以て性命を尽くすに至りては、安期・彭祖の倫の、以て善く求めて得べきが若きなり。『養生論』を著す」と。

又た嵆康と養生を論じ、辞もて難ずること往復す。蓋し康の高致を発せんと欲するなり。

○安期・彭祖　伝説上の神仙。安期生は、秦の始皇帝の世の仙人。彭祖は、殷末まで八百年生きたと伝わる。

○「養生論」『文選』巻五三収録。

【現代語訳】 嵆喜は嵆康の伝を書いて言っている、「嵆康は本性として服食を好み、日頃仙薬の上薬を服用していた。彼の考えでは、神仙は自然に得られるものであり、いくらそれを学んでも神仙になれるというものではない、（それでも）その仙人への修行にきちんと道理を得て実行し、そうすれば天から与えられた自分の性命を尽くすことができるというところまで到達したなら、あの神仙の安期生や彭祖の仲間になるように求めて得られるのである、として、『養生論』を著した。」

向秀はまた嵆康と養生について議論し、彼との間で言葉の応酬が行われた。思うに、向秀が「養生論」に対して反論したのも、嵆康のすぐれた境地を引き出したいと思ったからなのである。

【解説】 前半部は、『文選』李善注が引く、兄嵆喜による嵆康伝の文章で、後半部は正史の『晋書』向秀伝の文章の一節です。不老長生の服薬の実践をしていた嵆康は、「養生論」を書き、神仙の存在は学ぶことはできないが、しかし実際に上等の薬を服用し、己の欲望を抑えて、しっかりと養生を実践すれば少しでも近づくことができることを主張しました。それに対して向秀は「養生論を難ず（反論する）」という文章を書いて、嵆康のあまりにも強いストイックな修行に関して、人間は自然であるべきで、過度に欲望を抑制するのはよくない、と反論します。そのあとまた嵆康は「向秀の難ずるを難ず」を書いていますが、同じく「自然」に生きることをモットーにしている彼らの間にも、向秀は欲望そのものを自然だとして肯定し、嵆康は欲望を抑えて本来の自然な生をめざすという違いがありました。このような同志的間柄における論争が、実は清談というものでした。微妙な違いに拘ることによって、その違いから見えてくる深み、自分の個我や思想を徹底して追求する彼らの知的修練の場であったのです。

なお『晋書』では、向秀の反論が、嵆康自身の論を更に深めるためにした反論であった、それが嵆康の養生の高い境地を結果としてもたらしたのだ、と言っていて、清談そのものの意味をよく理解した評価になっていると思います。現代でもディベートを徹底させることによって、個性的で、くっきりとした思想が生み出されることをわれわれは知っていますが、しかし彼らの清談は単なる言葉の上だけの遊戯なのではなく、実践を伴うこだわり、及び確かな信念に裏打ちされた存在の本質に関わる対話であったことは言うまでもありません。

（三）剽窃された『荘子注』

［59］

初、注荘子者数十家、莫能究其旨要。向秀於旧注外為解義、妙析奇致、大暢玄風。唯秋水・至楽二篇未竟而秀卒。秀子幼、義遂零落、然猶有別本。郭象者、為人薄行、有俊才。見秀義不伝於世、遂窃以為己注、乃自注秋水・至楽二篇、又易馬蹄一篇、其余衆篇、或定点文句而已。後秀義別本出、故今有向・郭二荘、其義一也。（文学第四・17）

○『荘子』 戦国時代の荘周の書と称される三三篇。
○旨要 内容・考えのかんじんなところ。
○玄風 奥深い境地。
○郭象 （?－三一二?） 字は子玄。西晋の主簿。
○雋才 雋は、「俊」と同じ。
○秋水・至楽・馬蹄 『荘子』の篇名。
○定点 ととのえ定める。

初め、『荘子』に注する者数十家、能く其の旨要を究むる莫し。向秀は旧注の外に於いて為に義を解し、奇致を妙析し、大いに玄風を暢ぶ。唯だ秋水・至楽の二篇のみ未だ竟はらずして秀は卒す。秀の子は幼なく、義は遂くて零落するも、然れども猶ほ別本有り。郭象なる者、人と為り薄行なれども、儁才有り。秀の義の世に伝はらざるを見、遂くて竊んで以て己の注と為し、乃ち自ら「秋水」・「至楽」の二篇に注し、又た「馬蹄」の一篇を易め、其の余の衆篇は、或いは文句を定点するのみ。後 秀の義の別本 出づ、故に今 向・郭の二『荘』有るも、其の義は一なり。

【現代語訳】　これまで、『荘子』に注をつけた者は数十人もいたが、その根本的主旨を極めることができた者はいなかった。向秀は既存の注にとらわれない解釈をして、荘子のすぐれた境地をとても見事に分析し、大いにその玄なる哲学を広めた。ただ秋水・至楽の二篇だけはまだ完成しないうちに向秀は亡くなった。向秀の子は幼く、それでその解釈は彼の死と共に廃れてしまったが、それでもなお別に写本が伝わっていた。郭象という者は、人となり軽薄であったが、俊才の持ち主だった。郭象は向秀の解釈がその後 世に伝わっていないのを見て、そのままひそかにそれを盗んで自分の注釈とし、なんと自分では「秋水」・「至楽」の二篇だけに注をつけ、また「馬蹄」の一篇の注を書き改め、その他の諸篇は、所々の箇所の文句を書き直しただけであった。後になって向秀が解釈した別の写本が出てきたので、今は向秀と郭象による二種の『荘子注』があるけれども、その解釈の内容はまったく同一である。

【解説】　魏晋の時代的な好みとして『荘子』がよく読まれ、なかなか難解でもあったので、たくさんの注釈が書かれたこと、そのなかでも重要な向秀の注についてのいきさつが詳しく述べられています。現在向秀の注なるものの全容が残されていないために、ここにあるような東晋の郭象の注の大半が向秀注から剽窃されたものだったか否か、その真偽をめぐってはずっと後代まで議論はかまびすしく、概ねは高い評価を得る郭象注の意味を誰も否定はしませんが、いまだ関心が失せていません。

なお、この本文にも劉孝標の注が『文士伝』の記載を引いて郭象を紹介しています。「（郭）象　字は子玄、河南の人。少きより才理有り、道を慕ひ学を好み、志を老荘に託す。時人　咸　以て王弼の亜（次ぐもの）と為す」とか、「象は荘子注を作り、最も清辞にして遒旨（奥深い趣旨）有り」とか高い評価を与えています。

［60］

秀与嵇康・呂安為友、趣舎不同。嵇康傲世不羈、安放逸邁俗。而秀雖好読書、二子頗以此嗤之。後秀将注荘子、先以告康・安。康・安咸曰、「此書詎復須注。徒棄人作楽事耳。」及成、以示二子。康曰、「爾故復勝不。」安乃驚曰、「荘周不死矣。」後注周易、大義可観。而与漢世諸儒互有彼此、未若隠荘之絶倫也。

（同注所引秀別伝）

○趣舎　処世態度。
○頗　六朝時代には、①いささか、②すこぶる、の意で使われた。ここではいささかの意。
○詎復　どうして…だろうか、その必要は無い。「復」は、強意を表す。
○徒…耳　ただ…だけだ。
○爾故復勝不　きみはもともとこんなにすぐれていたのか、どうだったか。「爾」は、二人称。「故」は、もともと。「復」は、強意を表す。「不」は、文末に来ると、「否」と同秀は嵇康・呂安と友と為るも、趣舎は同じからず。嵇康は世に傲りて不羈、安は放逸にして俗を邁く。而して秀は読書を好むと雖も、二子は頗か此れを以て之を嗤ふ。後に秀は将に『荘子』を注せんとして、先づ以て康・安に告ぐ。康・安は咸に曰はく、「此の書 詎んぞ復た注を須たんや。徒だ人の楽しみ事を作すを棄つるのみ」と。成るに及んで、以て二子に示す。康曰はく、「爾 故もと復た勝るや不や」と。安は乃ち驚きて曰はく、「荘周 死せず」と。後に『周易』に注し、大義 観るべし。而れども漢の世の諸儒と互ひに彼此有れば、未だ隠なる『荘』の絶倫に若からざるなり。

じく…かどうか、の意味。
○『秀別伝』『向秀別伝』のこと。[56]の語釈を参照。

【現代語訳】 向秀は嵇康・呂安と友だちだったが、こと進退に関しては同じではなかった。嵇康は世渡りに傲慢で不羈の性格、呂安は好き勝手に振る舞い世間を邁進した生き方をしていた。向秀は読書を好む人であったが、かの二人はいささかそのことで彼を笑っていた。後に向秀はこれから『荘子』に注を付けようとして、まずその心づもりを嵇康と呂安に告げた。すると嵇康も呂安も、「この書はどうして注を付けることなど必要だろうか。ただただ人の楽しみ事を無くしてしまうだけだよ」と言った。（やがて）向秀の注釈が出来あがって、二人に示した。（それを読んだ）嵇康は、「きみはもともとこれほどまですぐれていたなんて…」と感心した。呂安の方もなんと驚いて声をあげ、「荘周は死せず、だな」と言った。後に向秀は『周易』に注し、彼の大義には見るべきものがあった。漢代の儒者たちのそれと比べても拮抗するものであったが、しかしながら、まだあの幻の『荘子注』の他を寄せつけないすばらしさには及ばなかった。

【解説】 [59]で説明しました『文士伝』のほか、同じく注で引かれた『秀別伝』の文章です。嵇康と呂安の反俗の過激さに比べて、向秀はもっぱら「読書」を主として交わっていたようです。二人はそれを机上の空論として向秀を相手にせず、『荘子』の理解は実践者たるこちらが十分体得しているとみなしていたのです。ですから向秀から注の一部を見せられたときも、二人はたいしたことはないと決め込んでいたのですが、実際に読んでみると、その的確な理解に恐れ入り、すっかり向秀の深さを見直し、交際に関しても畏敬の念が深まったことを伝えています。

なお本文の末尾では、向秀は『周易』にも注し、それはそれで大義をつかんでいたが、荘子注ほどではなかったとつけ加えています。ここからは、王弼（おうひつ）（二二六－二四九）の解釈のような『老子』や『易』の形而上学的なところは目立たなかった向秀の力量であったということ、同時に、老易の学問の意味と、『荘子』の思想的な探求の意味との、そもそもの差を示していることも分かります。

［61］秀為二此義一、読レ之者、無レ不下超然若三已出二塵埃一、而窺二絶冥一、始了中視聴之表上。有二神徳玄哲一、能遺二天下一、外二万物一。雖四復使三動競之人、顧二‐観所レ殉、皆悵然自有二振抜之情一矣。（同注所引竹林七賢論）

秀は此の義を為せば、之を読む者、超然として已（すで）に塵埃を出（い）づるが若（ごと）くして、絶冥を窺（うかが）ひ、始めて視聴の表を了（さと）らざる無し。神徳と玄哲有りて、能（よ）く天下を遺（わす）れ、

○絶冥　果てしない空間。天の果て。
○視聴之表　視聴の外。
○動競之人　世にあって競争ばかりしている人間。
○振抜之情　現実を抜け出る精神。
○『竹林七賢論』　[24]の語釈を参照。

> 万物を外にす。復た動競の人をして、殉ふ所を顧観せ使むると雖も、皆悵然として自づから振抜の情有り。

【現代語訳】 向秀は『荘子』の道理を述べたが、この解釈を読んだ者は、超然と俗界を抜け出たような境地になり、天の果てまでうかがい、はじめて視聴を超えた世界を悟らない者はなかった。神明な徳と玄妙な哲理とがあって、この天下を忘れることができ、万物を自分の外におくことができた。またこの世で競い合って行動する人に対しても、その人が従う点を振り返らせたりして、皆がみな恨み嘆く世界から、自ずと抜け出る情を引き起こさせたのである。

【解説】 同じく[59]の注が引く戴逵の『竹林七賢論』が、向秀の『荘子』解釈の秀逸さを述べたものです。視るもの聴くものの次元を一気に超えて、天下を忘れ、万物にとらわれない境地、それがしっかりと、「神徳と玄理」として提出されていると絶賛しています。

第六章

見識の大物

山濤（さんとう）

（一）「大牛」と呼ばれた政界人

[62] 山公以器重朝望、年踰七十、猶知管時任。貴勝年少、若和・裴・王之徒、並共宗詠。有署閣柱曰、「閣東有大牛、和嶠鞅、裴楷鞦、王済剔嬲、不得休。」或云「潘尼作之。」（政事第三・5）

山公は器として重んぜられて朝望あるを以て、年は七十を踰えても、猶ほ時任を知管す。貴勝の年少、和・裴・王の徒の若きは、並びに共に宗詠す。閣柱に署するもの有りて曰はく、「閣東に大牛有り、和嶠は鞅し、裴楷は鞦し、王済は剔嬲して、休むを得ず」と。或いは云ふ、「潘尼之を作す」と。

○知管　役を任される。
○貴勝年少　すぐれた家柄の子弟・若者。
○宗詠　上に持ち上げては賞賛する。
○閣　役所の大きな建物。
○和嶠（?－二九二）　字は長輿。西晋の尚書。
○裴楷　[8]を参照。
○王済（?－?）　字は武子。西晋の侍中。
○鞅　牛馬の胸から鞍に掛けわたす緒。
○鞦　牛馬の尻に車の轅を固定させる緒。
○剔嬲　もてあそぶ。いじくり回す。
○潘尼（?－?）　西晋の西南尹。
○「政事」　篇名。政治に関する言動についての挿話。

【現代語訳】　山公（山濤どの）は器量の大きな人物として朝廷で信望があって重んじられ、七十歳を超えても、まだ時代の重職を任されていた。一流貴族の子弟であった和嶠・裴楷・王済といった面々は、皆 彼を持ち上げ称えた。（それを快く思わぬ）だれかが役所の柱に落書きした、「お役所の東には大牛がいる、その牛にむながいを和嶠がかけ、しりがいを裴楷があて、その大牛を王済がそれはもういじくり回すように世話を焼くものだから、大牛も休むひまもない」と。これを書いたのは潘尼だと言う者もいた。

【解説】　山濤は司馬氏一族と同郷の河内郡（河南省）の人。司馬懿の妻の張春華は母親が河内郡の山濤一族の出身でした。山濤自身は時代の趨勢に思うところもあり、出仕は遅く、司馬氏の縁故で郷里の下級官僚から出仕をはじめたものの、後述するように一度辞任し、実質的な官界入りは、四十代の後半であったようです。その前後すでに、彼は度量の大きさと時代を見抜く見識から、いわゆる竹林の最年長者として面々から一目置かれていたと思われます。やがて晋王朝がはじまると、武帝を支える有能官僚として、主として人事の責任を担い、政界の良識的な大物として力を発揮します。そこが嵇康や阮籍と基本的には政治的立場や身の処し方を異にする存在でありました。

本文は、最晩年彼が当世にあって活躍する面々に頼りにされ、またそれを世間が皮肉る声も上がっていたことを伝えていますが、それはいかに政界に重要な位置を占めていたかを物語っています。なお、役所の門柱に落書きされた句は、山濤のまわりに集まって政界の中枢にいた具体名を列挙してはやし立てたもので、牛（ギウ）・鰍（シウ）・休（キウ）が押韻されています。

[63]　山濤字巨源、河内懐人。祖、本郡孝廉。父曜、冤句令。濤蚤孤而貧、少有二器量一、

○孝廉　郡の太守から役人として推薦された者。
○孤　父親を早く亡くした

宿士猶不慢之。年十七、宗人謂宣帝曰、「濤与景・文共綱紀天下者也。」帝戯曰、「卿小族、那得此快人邪。」好荘・老、与嵆康善。為河内従事。与石鑒共伝宿、濤夜起蹋鑒曰、「今何等時而眠也。知大傅臥何意。」鑒曰、「宰相三日不朝、与尺一令帰第。君何慮焉。」濤曰、「咄、石生、無事馬蹄間也。」投伝而去。果有曹爽事。遂隠身不交世務。累遷吏部尚書・僕射・太子少傅・司徒。年七十九薨、謚康侯。

（同注所引虞預晋書）

山濤字は巨源、河内・懐の人。祖は、本郡の孝廉たり。父の曜は、宛句の令なり。濤は蚤に孤にして貧しきも、少きより器量有りて、宿士も猶ほ之を慢らず。年十七にして、宗人 宣帝に謂ひて曰はく、「濤は景・文と共に天下を綱紀する者なり」と。帝は戯れて曰はく、「卿は小族なり、那んぞ此の快人を得るや」と。『荘』・『老』を好み、嵆康と善し。河内従事と為る。石鑒と共に伝宿するに、濤は夜に

境遇をいう。
○宿士　年長の知識人。
○伝宿　駅舎に泊まる。
○大傅　皇帝を教育補導する役職。司馬懿をさす。
○尺一令　一尺の板に書いた詔命。
○咄　音は「トツ」。舌打ちする声。チェッ。
○伝　役人のしるしの割り符。
○曹爽事　正始一〇年（二四九）司馬懿がクーデターを敢行して、政敵だった曹爽一派を打ち破った事件。「高平陵の変」とか「正始の政変」とかいう。
○虞預『晋書』『隋書』経籍志二には、二六巻、東晋・虞預（?-?）の撰。

起きて鑒を蹋みて曰はく、「今何等の時にして眠るや。大傅の臥するは何の意あるを知らんや」と。鑒曰はく、「宰相三日朝せずんば、尺一令を与へて帰第さす。君は何を慮るや」と。濤曰はく、「咄、石生よ、馬蹄の間を事とする無かれ」と。伝を投げて去る。果して曹爽の事有り。遂くて身を隠して世務に交はらず。吏部尚書・僕射・太子少傅・司徒を累遷す。年七十九にして薨ず、康侯と諡さる。

【現代語訳】　山濤、字は巨源、河内郡懐県（河南省）の人。祖父は郷里の河内郡の孝簾に挙げられた。父の曜は、宛句県（山東省）の令（知事）だった。山濤は早くに父を亡くして暮らし向きは貧しかったが、若いころから器量がすぐれ、年上の教養人でも彼の人となりを侮る者はなかった。彼が十七歳のときに、一族の者が司馬懿（のちに晋の宣帝とおくりなされた）に彼を誇りにして、「濤はいずれは必ず、お二人の息子さん、師殿と昭殿と一緒になって、天下を統治するにちがいない人物です」と言った。すると司馬懿はからかって言った、「お前の一族は小さいのに、どうしてこのようなすごい男が出たのだろう」と。山濤は『荘子』と『老子』の書を好み、嵆康と仲が良かった。（以前に）河内太守の従事となっていた頃、同僚の石鑒と一緒に駅舎に泊まっていたとき、山濤は夜中に（突然）起きあがって石鑒を踏みつけて言った、「今、どんな時代情勢だと思っているのだ、こんなときにぬくぬくと眠っていられるなんて。大傅殿（司馬懿）が病床に伏せっているのはどういう事を意味しているか、知らないのか」と。石鑒が、「宰相の地位にいる者が三日間も朝廷に参内しないのだから、朝廷が詔書を下して屋敷に帰らせたのだ。きみは何を心配しているのだ」と聞き返した。すると山濤は、「ちぇっ、石生よ、戦いになったら右往左往するでないよ」と言ったかとおもうと、役人たる割り符を投げ棄ててその場を去った。はたしてほどなく曹爽の事件が起き、そうしてそのまま山濤は身を隠して政治世界に関わらなかった。（のちに司馬懿のもとに出仕し、やがては）吏部尚書・僕射・太子少傅・司徒と次々に歴任した。七十九歳のときに亡くなり、康侯と諡された。

【解説】 [62]の注に引かれる東晋・虞預による『晋書』の文章で、山濤の一生の経歴を概括しています。第一は司馬懿と同郷の縁戚関係にあり、司馬懿からからかわれるほどの小族でありながら、そのツテで地方の役人に仕官できたこと。第二に、曹爽と司馬懿の確執にあって一時司馬懿が不利になって引退同様になったとき、中央政界の危機に鈍感な同僚を軽蔑していち早く辞任したこと。第三には正始の変によってクーデターが成功して司馬懿が復帰したものの、すぐには再仕せず、情況が安定したのを見て取って出仕し、その後は晋王朝になって武帝の信頼を得て、順調に政界の主要な一員になり、高官として身を終えたこと。以上の一生の経歴がまとめて説明されています。

（二）見識と度量の人——阮籍・嵆康との交友

[64]

山公与嵆・阮一面、契若金蘭。山妻韓氏、覚公与二人異於常交、問公。公曰、「我当年可以為友者、唯此二生耳。」妻曰、「負羈之妻亦親観狐・趙。意欲窺之、可乎。」他日、二人来、妻勧公止之宿、具酒肉。夜穿墉以視之、達旦忘反。公入曰、「二人何如。」妻曰、「君才致殊不如、正

○契若金蘭　『易』繋辞伝（けいじでん）上に「二人が心を同じくすれば、利（と）きこと金をも断つ、心を同じくするものの言は、其の臭（かほり）蘭の如し」から出た言葉。極めて強い契り（交友）をいう。

○当年　今の時代。現在。

○負羈之妻亦親観狐・趙　春秋時代、重耳（ちょうじ）（後の

当下以二識度一相友上耳。」公曰、「伊輩亦常以二我度一為レ勝。」

（賢媛第一九・11）

山公は嵆・阮と一面して、契ること金蘭の若し。山の妻の韓氏は、公の二人と常交に異なるを覚え、公に問ふ。公曰はく、「我当年以て友と為すべき者は、唯だ此の二生なるのみ」と。妻曰はく、「負羈の妻も亦た親ら狐・趙を観る。意に之を窺はんと欲す、可ならんか」と。他日、二人来り、妻は公に勧めて之を止めて宿らしめ、酒肉を具ふ。夜墉を穿ちて以て之を視、旦に達するまで反へるを忘る。公は入りて曰はく、「二人は何如」と。妻曰はく、「君の才致は殊に如かず、正だ当に識度を以て相友とすべきのみ」と。公曰はく、「伊らが輩も亦た常に我が度を以て勝ると為す」と。

晋の文公）は曹の国に放浪中、僖負羈の妻が、重耳の従者の狐偃と趙衰をのぞき見て、その優れた様子から、仕える重耳の大きさを夫に述べた（『左伝』僖公二十三年）。

○正当……耳　ただただ……すべきだけだ。「正」は、「止」と同じ意。

○識度　見識と度量。

○伊輩　かれら。

○賢媛　篇名。賢く生きた女性の話。

【現代語訳】　山公（山濤どの）は嵆康・阮籍と一度会っただけで、金蘭の交わりを結んだ。山濤の妻の韓氏は、公と二人との交友が普通のものでないことに気がついて、公に尋ねた。公は言った。「わたしが今の時代、友人とすべき人物は、ただこの二人だけだ」と。すると妻は言った、「昔負羈の妻は自分の目で狐偃と趙衰を観察しました。わたしもお二人をひそかに見たいと思いますが、よろしいですか」と。後日、二人がやって来ると、妻は公に勧めて二人をひきとめて泊らせ、酒や肉を用意した。夜になると、壁に穴をあけてのぞき見し、（興味津々）朝になるまで部屋に戻ることを忘れてしまった。（二人が帰ると）公が入って来て言った、「二人はどうだったか」と。妻は言った、「あなたの才能はとてもお二人に及びません。ただ見識と度量によって友達となることができるだけです」と。

公も言った、「彼らもまたいつもわたしの度量がすぐれていると言っているよ」と。

【解説】　山濤はまだ本格的に政界に出仕していなかったか、もしくは出仕していたが目立っては活躍していなかったころのことか、はっきりしませんが、嵇康と阮籍との互いに認め合う親密な交友がうかがえる話です。彼らとどのように知り合いになったか、恐らく山濤は同郷の向秀を通じて嵇康と知り合いになり、その関係で阮籍とも急接近したのでしょう。軽々しく親密な関係をもたない山濤の、今までとは異なる頻繁で深い交友に関心を抱いた妻が、二人がどのような人物であるかを見定めたいとする招待でした。賢妻らしく故事に基づくイメージで、一晩中盗み見て確認した嵇康と阮籍の人となりと力量、さらに夫の際立つ魅力が識度だと喝破したこと、加えて賢妻の信頼に支えられた器の大きな山濤のアイデンティティーと処世の自信がよく分かります。

［65］

濤雅素恢達、度量弘遠、心存二事外一、而与レ時俛仰。嘗与二阮籍・嵇康諸人一著二忘言之契一。至三于群子、屯二蹇於世一、濤独保二浩然之度一。（同注所引晋陽秋）

濤は雅（つね）に素（もと）より恢達（くわいたつ）にして、度量は弘遠、心は事外に存するも、時と俛仰（ふぎやう）す。嘗て阮籍・嵇康ら諸人と忘言の契（ちぎ）りを著（な）す。群子（ぐんし）の、世に屯蹇（ちゆんけん）するに至りても、濤は独り浩然（かうぜん）の度を保つ。

○恢達　心が広く、闊達である。
○事外　世俗の外。
○与時俛仰　時代に逆らわず、世の中を生きる。
○忘言之契　互いに言葉を必要としない、緊密な契り（交友）をいう。
○屯蹇　「屯」も「蹇」も、行き悩む。
○浩然之度　心が晴れ晴れとした態度。

【現代語訳】　山濤はもともと束縛される所がなく、度量が広く大きく、心は俗事の外に存在させながらも、時世とともに生きていた。かつて阮籍・嵆康らの人たちと忘言の契りを結んでいた。彼らが難しい世の中で処世に苦しんでいたときも、山濤だけはひとり浩然たる態度を保ち続けていた。

【解説】　［64］の注に引く『晋陽秋』の文章で、山濤の「識度」を説明し、それによって貫かれた生涯であったことを述べています。一生の総括としては、反体制的言辞を理由に処刑される嵆康、権力者に庇護されながら礼俗の士らを白眼視し続けた阮籍、その二人とはまったく処世と性情を異にしている山濤だったのに、なぜに二人と「忘言の契り」を結ぶことができたのか。また、山濤は不正義の闊歩する時代の中枢に近づき、それを担う一員となりながら、なぜに自分を見失うことなく「浩然たる（態）度」をとり続けることができたのか。山濤の評価はそこに行き着くでしょうが、本文では「度量は弘遠にして、心は事外に存するも、時と俛仰す」としての評を書き記しています。これが山濤の生のすべてであったと。そのものズバリの山濤の生涯を言い当てているでしょう。魏末にあって、「良識派」は絶大な権力奪取を露骨に固めていく「礼法の士」とは一線を画しながら、禅譲劇を容認していきます。また、西晋前半期にあっては役割を終えた「礼法の士」に代わって、時代の推進の本流として存在していきます。その良識派の代表的政界人が山濤で、終始「心は事外に存する」人間性を失わないで、「時と俛仰す」る「識量」を発揮し続けました。出世以前から、彼のキャパシティの大きさと本領を、妻はしっかりと実感していたのです。

○『晋陽秋』　［29］の語釈を参照。

[66] 韓氏有二才識一、濤未レ仕時、戯レ之曰、「忍レ寒。我当レ作二三公一、不レ知下卿堪レ為二夫人一不上耳。」（同注所引王隠晋書）

韓氏才識有り、濤の未だ仕へざる時、之に戯れて曰はく、「寒を忍べ。我は当に三公と作るべきも、卿の夫人為るに堪ゆるや不やを知らざるのみ」と。

○忍寒　現在の貧寒の暮らしを我慢する。
○三公　最高の官職。一品の太尉、司徒、司空の三つをいう。
○王隠『晋書』　[5]の語釈を参照。

【現代語訳】　韓氏には才識があった。夫の山濤がまだ仕官していなかった頃、山濤は妻をからかって言ったことがある、「今は貧乏だが、我慢してくれ。わたしは必ず三公の位になってみせるが、そのときお前さんが三公の夫人としてふさわしいかどうかが問題だな」と。

【解説】　同じく[64]の注が引く、王隠による『晋書』の文章です。夫の真の存在の大きさを「識度」の二字で言いあてた夫人との、普段の会話が残されています。まだ力量が評価されていない時期、「未仕時」とありますが、一度辞任した後、すぐには出仕しないで司馬懿の勝利後も時勢を見ていた浪人期の一場だったでしょう。この夫にしてこの妻ありか、この妻にしてこの夫ありかの、日常の交情には微笑ましいものがあります。貧苦の生活に耐えながらけっして愚痴を口には出さないが、そろそろ出仕を促すかのような妻の態度に対して、山濤はユーモラスに対応しています。少なくとも妻に対して苛立ちからではなく、世に華々しく出ることを自分に言い聞かすように戯れて発した言葉であったと、筆者は思います。一向に力を示せない現状でも、余裕のある、大望の野心を失わずじっと時期が来るのを待っている山濤自身にも時として焦りはあったが、それほど愚痴を言わない妻に対して、我慢してくれてありがとうといった真意で、このように冗談まじりに言える山濤だったのです。ところで嵆康や阮籍には妻との関係を表す話はまったく残っていません、ここにも公的存在だけでない山濤の日常における、気取り屋にして感情をかくす姿が彷彿とする一場だと思います。

なお、山濤は最晩年に三公の一、司徒になっています。

（三）司馬氏体制の中へ

［67］

与宣穆后有中表親、是以見景帝。帝曰、「呂望欲仕邪。」命司隷挙秀才、除郎中。転驃騎将軍王昶従事中郎、久之、拝趙国相、遷尚書吏部郎。（略）遷大将軍従事中郎、鍾会作乱於蜀、而文帝将西征。時魏氏諸王並在鄴、帝謂濤曰、「西偏吾自了之。後事深委卿。」以本官行軍司馬、給親兵五百人、鎮鄴。

○宣穆后　司馬懿の妻（張春華）をいう。
○中表の親　親戚関係。
○景帝　司馬懿の長子の司馬師（二〇八－二五五）、字は子元。司馬昭の兄。晋が建国後、景帝と諡された。
○呂望　太公望と呼ばれた呂尚（りょしょう）のこと。周の文王と武王に仕え、周の基を築いた。
○司隷　司隷校尉。都の治

（晋書巻四三山濤伝）

宣穆后と中表の親有り、是を以て景帝に見ゆ。帝曰く、「呂望仕へんと欲するか」と。司隷に命じて秀才に挙げしめ、郎中に除す。驃騎将軍王昶の従事中郎に転じ、之を久しくして、趙国相を拝し、尚書吏部郎に遷る。（略）大将軍の従事中郎に遷るに、鍾会乱を蜀に作し、文帝は将に西征せんとす。時に魏氏の諸王は並びに鄴に在れば、帝は濤に謂ひて曰はく、「西は偏へに吾自ら之を了す。後事は深く卿に委ねん」と。本官を以て軍司馬を行ね、親兵五百人を給し、鄴を鎮らしむ。

安維持にあたる。
○秀才　官吏の資格を有する者。
○郎中　近習。
○驃騎将軍王昶　驃騎将軍（城内の治安維持担当）の王昶。[2]を参照。
○従事中郎　相国府の属官。
○趙国相　趙国の執行官。
○尚書吏部郎　尚書省の郎中。
○大将軍　軍事の最高職。司馬昭のこと。晋建国後、文帝と諡された。
○鄴　魏の本拠地の一つ。
○軍司馬　中央から派遣された軍政官。

【現代語訳】　山濤は宣穆后（司馬懿の妻）と親戚関係にあったので、それをツテに司馬師（景帝）に面会した。司馬師は（からかいながら）「呂望さんがいよいよ仕えようという気になったのですか」と言った。司隷校尉に命令して山濤を秀才に取り立て、郎中（近習）に任じた。まもなく驃騎将軍王昶の従事中郎に遷り、しばらくはその職に就いていたが、やがて趙国の相（執行官）を拝命し、さらに尚書吏部郎に遷った。…大将軍司馬昭幕下の従事中郎に遷った年に、平定した蜀の地で鍾会が乱を起こし、司馬昭（文帝）はそれを討つために西征することになった。当時、魏王朝の諸王は皆鄴（河北省）に身を置いていたので、司馬昭は山濤に、「西の蜀の乱はひとえにわたしが始末するから、留守の事はくれぐれもお前に任せるぞ」と託した。そうして山濤に従事中郎のまま軍司馬を兼ねさせ、大将軍配下の兵五百人を預け、鄴の治安維持を任せたのである。

【解説】　いったん辞任して後、時勢を見ていた山濤は、いつ本格的に政界に進出し、どのような階段を上っていったのか、そのさまを『晋書』山濤伝の前半、晋が二六五年に成立するまでの魏末の経歴で簡潔に紹介しています。司馬懿が二五一年に没し、代替わりした司馬師の下での出仕でした。そのとき「いよいよ太公望のお出ましかね」とからかわれたやりとりが書かれていますが、どこまで山濤の力量をつかんでいたか、司馬師の真意は半信半疑ですが、それでも隠忍自重し続けていた山濤の、覚悟を決めた自負ある再出仕でした。付和雷同する多くの知識人とは異なり、すぐには出仕してこなかった山濤を、世間は気になる存在と認識していたことがうかがわれます。なにせ曹爽が権力をにぎり司馬懿が一端退いたとき、[63]で見たように地方の小役人でしかないにも関わらず、派手な辞任をしていた「遠識」なのですから。

その後司馬師が没し、後を継いだ司馬昭への禅譲が間近なとき、蜀征討に出向く司馬昭から、鄴（魏室の親族が集められ監視されていた）の治安を任されるほど、すでに司馬昭政権の中枢の一角を担う存在になっていたのです。

[68]　帝以㆘斉王攸継㆓景帝後㆒、素又重㆖㆑攸、嘗問㆓裴秀㆒曰、「大将軍開建未㆑遂、吾但承㆓‐

○斉王攸　司馬昭の第二子の司馬攸（二四八－二八三）、字は大猷（だいゆう）。司馬昭奉後事耳。故立攸、将帰功於兄、何如。」
秀以為不可。又以問濤。濤対曰、「廃長
立少、違礼不祥。国之安危、恒必由之。」
太子位於是乃定。太子親拝謝濤。

（晋書巻四三山濤伝）

帝は、斉王攸景帝の後を継ぎ、素より又た攸を重んずるを以て、嘗て裴秀に問ひて曰はく、「大将軍の開建 未だ遂げず、吾は但だ後事を承奉するのみ。故に攸を立て、将に功を兄に帰せんとす、何如」と。秀は以て不可と為す。又た以て濤に問ふ。濤は対へて曰はく、「長を廃し少を立つるは、礼に違きて不祥なり。国の安危は、恒に必ず之に由る」と。太子の位は是に於いて乃ち定まる。太子は親ら拝して濤に謝す。

の兄司馬師には子がなかったので、養子になっていた。西晋の斉王。

○裴秀　（二二四－二七一）字は季彦。西晋の左光禄大夫。

○大将軍　ここでは、司馬師を指す。

○長　長子、長男。ここでは、司馬昭の長男司馬炎（二三六－二九〇）、字は景文。のちに即位して西晋の第一代皇帝武帝（在位、二六五－二九〇）。

【現代語訳】　司馬昭（文帝）は、第二子攸（斉王）を兄司馬師（景帝）の跡取りとして養子に出していたが、もともとこの攸をとても可愛いがっていたので、あるとき裴秀に尋ねて、「兄の大将軍がやろうとした事業はまだ完成していない。わたしはただその事業の後事を受け継いできただけだ。だから、兄の所の跡継ぎにした攸を立てて、その功績を兄に返したいと思っている。どうだろうか」と言った。裴秀は反対した。それで司馬昭は今度は山濤に同じ事を尋ねた。山濤は面と向かって答えていった、「長子を廃して年少者を跡継ぎに立てるのは、礼に背くことで不祥な行為です。国家が安定するか危険かは、いついかなる時代も必ずこのことの成否に関わるのです」と。その結果司馬昭の後継者問題ははじめて確定したのだった。そのため晋王（司馬昭）の太子となった司馬炎は自ら拝礼して山濤に謝意を表したのである。

【解説】［67］に続く、『晋書』山濤伝の後半です。司馬昭は、実子のいなかった兄司馬師の養子として出していた第二子の司馬攸を、兄の跡取りの意味で自分の代の後継者にしたものかどうか迷っていましたが、そのとき長子司馬炎を強く押したのが、裴秀、そして山濤でした。そのとき司馬炎が感謝し、心にとどめたことが大きかったのでしょう、司馬昭没後魏から譲られて晋朝を開き、第一代皇帝武帝となった司馬炎からは、生涯にわたって山濤は絶大な信頼を寄せられたのでした。

（四）晋の人事官――「山公啓事」

［69］山司徒前後選、殆周遍百官、挙無失才。凡所題目、皆如其言。唯用陸亮、是詔所用、与公意異。争之不従。亮亦尋為賄敗。（政事第三・7）

○司徒　三公の一。政治・人事の最高責任者。
○所題目　人物評価を実際に書き記した文。官吏任用に際し、人事担当最高責任者が推薦する人物の評価を書いて皇帝に提出する文章を、「啓事（けいじ）」と山司徒の前後の選は、殆ど百官に周遍し、挙ぐるに失才無し。凡そ題目する所、皆其の言の如し。唯だ陸亮を用ふるは、是れ詔の用ふる所にして、公の意と異なる。之を争へども従はれず。亮も亦た尋いで賄の為に敗る。

いう。

○陸亮（?-?）字は長興。西晋の吏部尚書。

【現代語訳】（のちに司徒になった）山濤は二度にわたって人事官として官吏の選考に当たったが、百官のほとんどを網羅するもので、推薦した者は才能のあるものばかりで不適格者はいなかった。そもそも推挙した人物評価が、すべて山濤が書いた通りの人物であったのである。ただ、陸亮の任用の場合だけは、詔によって行われたものであり、山公の考えていた人事とは違っていた。このことをめぐって山公は異議を唱えたが、受け入れてもらえなかった。（そうして陸亮は役職に就いたが、）その陸亮もまた後に収賄で罷免になったのだった。

【解説】　晋王朝成立後、山濤はとりわけ人事担当の責任者として、政務能力を発揮します。その時々の、皇帝への人材推薦の題目を集めたのが『山公啓事』です。適材適所の人材掌握がどれほど的確であったか、『山公啓事』として諸書に引かれて残されていることから彼の高い評価が明らかです。取り上げた本文では、山濤の推薦人物が実際には採用されなかった、例外的な事例が上がっていますが、そのとき山濤の意とは違って採用された別の人物が、その後収賄で罷免に及んだことによって、逆に山濤の適切な推薦能力が示され、一段と武帝からの信頼を得たことを伝えているのです。

[70] 嵆康被誅後、山公挙康子紹為秘書丞。紹諮公出処、公曰、「為君思之久矣。

○秘書丞　宮中の図書を司る秘書省の次官。

○天地四時…『易』豊卦・

天地四時、猶有二消息一、而況人乎。」（政事第三・8）

詔選二秘書丞一。濤薦曰、「紹平簡温敏、有二文思一、又暁レ音、当二成済一也。猶宜三先作二秘書郎一。」詔曰、「紹如レ此、便可レ為レ丞、不レ足二復為一レ郎也。」（同注所引山公啓事）

嵆康誅せられて後、山公は康の子の紹を挙げて秘書丞と為す。紹は公に出処を諮る。公曰はく、「君が為に之を思ふこと久し。天地四時すら、猶ほ消息有り。而るを況んや人をや」と。

詔して秘書丞を選ばしむ。濤薦めて曰はく、「紹は平簡にして温敏、文思有り、又た音に暁るければ、当に成済すべし。猶ほ宜しく先づは秘書郎と作すべし」と。詔して曰はく、「紹 此くの如くんば、便ち丞と為すべく、復た郎と為すに足らざるなり」と。

象伝に「天地の盈虚は、時と消息す。而るを況んや人に於いてをや。況んや鬼神（霊魂の意）に於いてをや」とあるのをふまえる。

○平簡温敏　公平にして簡潔、穏和で敏く、将来性がある。

○成済　将来ひとかどの役人になる。

○秘書郎　郎は、族官の一人。経書を補修校勘する。

○『山公啓事』　『隋書』経籍志四に「三巻」（撰者不載）。山濤が吏部尚書として官吏を推薦したときの人物評価をまとめたもの。[69]を参照。

【現代語訳】　嵆康が処刑された後のこと、山公（山濤どの）は嵆康の息子の嵆紹を秘書丞に推薦した。そのとき嵆紹は山公に、ほんとうに自分が就任してもよいのかを問うた。山公は言った、「君のためには何か官職に就いた方がいいとずっと考えていた。天地や四時でさえ消長がある。ましてや処世の変化はなおさらなのだから」と。

詔がおりて秘書丞を選ばせた。山濤は嵆紹を推薦していった。「嵆紹は公平簡潔で穏和、敏捷な人物で、文才もあります。また音律にも明るいので、きっと将来性があるでしょう。ですから官職に任用するにはまずは秘書郎にするのが宜しいのではないでしょうか」と。帝から詔があって、「嵆紹がそのような人物であるのなら、すぐにも丞とすべきであり、郎から任用しなくても良い」ということになった。

【解説】　嵆康の処刑後、晋朝も安定し出した時期を見計らって、山濤は嵆康の遺児嵆紹を秘書郎に推薦します。［32］・［33］で見ましたように、嵆康は最晩年山濤と絶交したのですが、死の間際十歳の嵆紹に、後のことは山濤に相談するように、と言い残していました。山濤自身に嵆康が息子のことはたのんだぞ、と直接言ったとは考えられませんが、山濤はずっと嵆紹の成長を気にかけていたのです。成長した嵆紹から相談を受けたとき、すでにほとぼりの冷めたよい機会だ、と判断しての嵆紹推薦には、山濤の嵆康に対する生涯変わらなかった思い入れの強さを十二分に伝えています。山濤は実際の処世に関しては嵆康と決定的に大きな差がありましたが、それ以上に両者ともに難しい苛酷な政治的時代を生き抜く上にあっては、互いを互いとして認め、自分を失わない志と精神への畏敬の念を持ち合っていたことを示しているでしょう。ですからこそ、それが壊れたから絶交だと嵆康が言ったのですが、そういう嵆康の信条をよくよく分かっていながらそれ以上に嵆康の危機をなんとかしなければならない、とした山濤の嵆康推薦だったことが分かります。

後半部の本文は注にあげられた『山公啓事』で、そのときの推薦文を読んだ武帝が一段階上の秘書丞にした処置の詔があったことを伝えています。曰く付きの嵆康の息子であるにもかかわらず、武帝は全面的に山濤を信頼していたこと、また、禅譲の茶番劇の生々しさが消え、時代がこともなげに変わってしまったことを伝えているでしょう。［100］・［101］の話で後述しますが、ほかならぬこの嵆紹は武帝の子、恵帝を文字通り身を挺してかばって矢を受け、絶命します。恵帝はその嵆紹の血染めの衣を処分させなかったと伝えていて、なんと皮肉なことであったかと言うべきでしょう。しかしながら晋に対する反逆者の親と、晋の殉教者の息子という運命の皮肉という単純な理解では終わらない、因縁というもの、そして自らを律する人間の尊厳とは何かを考えさせられます。

---

［71］ 山濤之挙二阮咸一、知二固上不レ能レ用。蓋惜二曠世之儁、莫レ識二其意一故耳。夫以下咸之所レ犯方外之意、称二其清真寡欲一、則迹外之意自見上耳。（同注所引竹林七賢論）

山濤の阮咸を挙ぐるは、固（もと）上の用（しやう）ふる能はざるを知る。蓋（けだ）し曠世（くわうせい）の儁（しゆん）なるも、其の意を識るもの莫（な）きを惜しむが故なるのみ。夫（そ）れ咸の犯す所の方外の意、其の清真にして寡欲なるを称すれば、則ち迹外（せきぐわい）の意 自（おの）づと見（あら）はると以（おも）ふのみ。

○曠世之儁　広い世間の中での俊才。
○方外・迹外　ともに、現実の世俗社会の外、の意。「方」は、四角、社会の枠をいう。「迹」は、人の道跡、これも世俗社会をいう。
○『竹林七賢論』　［24］の語釈を参照。

【現代語訳】　山濤が阮咸を推挙したのは、もともと武帝ははじめから彼を任用しないことが分かっていながらそうしたのである。なぜなら、彼が世間でも稀な俊才であるのに、その心ばえを知る者がいないことを、山濤は惜しんだからであった。そもそも阮咸が世俗を無視するその真意については、彼の純真で真面目で寡欲の点を、これを機会に賞賛すれば、彼の俗気のない精神がおのずと世間の人にかならず明らかになるであろう、ということを山濤は見込んでのことであったのである。

【解説】　人事担当官として優秀な人材を見抜く力を発揮して政界浄化に努めていた山濤でしたが、その彼が阮咸推薦に尽力したことについて、すでに［52］で吏部郎として推薦した事実、さらにその注に引かれた文章［53］・［54］でも詳細に見ておきました。同じく注にのせるこの［71］の『竹林七賢論』の記載には、山濤の官人の推薦の基本的な姿勢を示していて、ここであらためて注目しておきたく思います。

山濤は阮咸を推薦するとき、武帝の意中には阮咸を採用するつもりがないことがあらかじめ分かっていながら、阮咸を敢えて推薦したことが書かれています。人事担当官として天子の意向に沿うことを何よりも優先するへつらいの官僚に終わらない姿勢がまず貫かれています。次に、人材登用の際の適材適所から推し量った推薦にとどまらない、人間としての度量や考え方の基本がなければならないとする官僚観です。推薦することの意図として、単純に政治社会での実際の仕事の運用だけでない底力のある能力、つまり、阮咸は堅苦しいばかりの官人の範疇からは外れていて、一見現実にうまく対処できなさそうにも見えるけれども、いずれは多くの人が彼の本領を理解できるようになるだろうことを期待し、そういう類いの人物も官人として有用だ、と山濤は判断して推薦しているのです。現代風に言えば人間力が基本的には官僚には必須だとした官僚観を持っていたのだと言えます。もちろん阮咸と清遊を共にした人間理解から出た推薦だったかも知れませんが、それでも私的な関わりを超えた、朝廷における政治家たる者に「迹外」の精神も必要なのだと、山濤自身の政治家として信ずるところを表明したものでもあったと筆者は考えます。それは他でもない、理想として想いえがく官人像を己も目指しているとする、山濤自身の自負でもあったはずです。阮咸を推薦し、それが認められなかった事実から、武帝の意向をうかがいながらの推薦ではなく、阮咸のような存在が無用かにみえて、実は今こそ必要な官界であるとする、俗物でない、見識の大物としての理想の一端が示されているのではないでしょうか。人事官としての現実的対処だけでない、そのような山濤の政治信念、官僚観の一面を見逃さない方がよいと思います。

［72］

晋武帝講二武於宣武場一。帝欲レ偃レ武修レ文、親自臨幸、悉召二群臣一。山公謂レ不レ宜レ爾、因与二諸尚書一言二孫・呉用兵本意一、遂究レ論。挙レ坐無レ不二咨嗟一。皆曰、「山少傅乃天下名言。」後諸王驕汰、軽溝二禍難一。於レ是寇盗処処蟻合、郡国多以レ無レ備、不レ能二制服一、遂漸熾盛。皆如二公言一。時人以謂、「山濤不レ学二孫・呉一、而闇与レ之理会。」王夷甫亦歎云、「公闇与レ道合。」（識鑑第七・4）

晋の武帝は武を宣武場に講ず。帝は武を偃め文を修めんと欲し、親自ら臨幸し、悉く群臣を召す。山公は宜しく爾るべからずと謂ひ、因りて諸尚書と『孫』・『呉』の用兵の本意を言ひ、遂くて論を究む。坐を挙げて咨嗟せざる無し。皆曰はく、「山少傅は乃ち天下の名言なり」と。後に諸王驕汰にして、軽がるしく禍難を遘ふ。是に於いて寇盗処処に蟻のごとく合し、郡国の多くは備ふる無きを以て、制服する能はずして、遂くて漸く熾盛なり。皆公の言の如し。時人は以謂らく、「山濤は『孫』・『呉』を学ばざるも、闇に之と理会す」と。王夷甫も亦た歎じて

○宣武場　都洛陽にあった練兵場の名。
○偃武修文　武器をしまい、文事を修める（『尚書』武成篇）。
○親自　「親」も「自」も、みずからの意。
○『孫』・『呉』　春秋時代の兵法書『孫子』（孫武の著）と『呉子』（呉起の著）。
○挙坐　座にいた者全員。
○山少傅　山濤は太子少傅（太子の教導）であった。
○驕汰　「驕」も「汰」も、おごり高ぶる意。
○寇盗　大勢の賊盗。
○熾盛　熾烈。勢いが盛んで激しい。
○王夷甫　王衍（二五六－三一一）の字。王戎の従弟。西晋末の太尉、尚書令。
○「識鑑」　篇名。鑑識眼にすぐれる話。

云ふ、「公は闇に道と合す」と。

【現代語訳】 晋の武帝は宣武場で練兵について講義した。武帝は（これを機にこれからは）武をひかえ文を盛んにする方針を示そうと思って、自ら出向いてその場にあらゆる家臣達を召した。山公（山濤どの）はそのようなことを方針とするのは宜しくないと考え、それで尚書たちに対して『孫子』や『呉子』の用兵についての本意を述べ、そうして議論を徹底した。坐に居並ぶ者すべて山濤の論議に感嘆しないものはなかった。皆は言った、「山少傅こそなんと天下の名論家だ」と。その後に（各地に封地して軍事権を行使していた）諸王が驕り高ぶり、軽がるしく戦いをしでかした。そこで賊盗があちこち蟻が群がるように集まり、郡国の多くは軍備が十分でなかったので、朝廷はそれを制圧することができず、そのためそうして賊軍は次第次第に熾烈になっていった。このような事態は皆、山濤の予言したとおりになったのである。その当時の人たちは、「山濤は『孫子』や『呉子』を学んでもいないのに、自ずと兵法の理と適う考えを持っていた」とみなしたのだった。王夷甫（王衍）もまた「山濤殿は自ずと道と合致していた」と感嘆して言った。

【解説】 宣武場でのこの話からは、人事に優れた能力を発揮した実務家山濤とは、また少し違った政治家としての姿勢、その統治観の一端が伺われるでしょう。強力な統治体制をしき、太平を実現しているかのような安定した国家であったとしても、軍事力をつゆ怠ってはならないとする政治家としての本領の発言です。文を講ずる武帝を前に、その寛容の政治姿勢をもって統治していることまで否定しているのではなく、事は練兵場での事なのですから、軍事力もまた統治の基本としてとどめおくようにと、武帝の姿勢をセーブするご意見番的役割を自らに課していたに違いありません。単に軍事力を忘れるなの主張だけに終わらない、体制の中でのバランスのとれた政治的視野と統治施策も見落してはならないとするところに、山濤らしさも出たのでしょう。世の中全体がこのような緊張感の薄らいでいく寛容の時代から、呉征討（二八〇年）後にあっては、内部権力抗争による極端な西晋王朝弱体化が訪れるのです。もっとも山濤にもそこまでの強い危機感があったから本文のやりとりがあったかどうか、そこまでの豪腕や硬骨感情があったかどうか、本当のところは分かりません。

（五）「器量」の政界人を称賛する声

[73]

王戎目山巨源、「如璞玉渾金。人皆欽其宝、莫知名其器。」（賞誉第八・10）

濤無所標名、淳深淵黙、人莫見其際。而囂然亦入道、故見者莫能称謂、而服其偉量。（同注所引顧愷之画賛）

王戎（わうじう）は山巨源を目（もく）すらく、「璞玉渾金（はくぎよくこんきん）の如し。人は皆 其の宝を欽（よろこ）ぶも、其の器に名づくるを知る莫（な）し」と。

濤は名を標（あら）はす所無く、淳（あつ）くして深く淵黙（ゑんもく）なれば、人は其の際（さい）を見ること莫（な）し。而（しか）うして囂然（がうぜん）として亦た道に入る、故に見る者 能（よ）く称謂（しようゐ）する莫（な）けれど、其の偉量に服す。

○璞玉渾金　採集されたときのままで、まだ細工されていない粗玉（あら）や粗金。
○標名　名声を世間に示す。
○淵黙　静かで口数が少ないさま。
○囂然　ここでは、静かなさま。忙しくなく暇があるときの心静かな様子をいう。
○顧愷之『画賛』　東晋の画家顧愷之（こがいし）（三四四－四〇五）、字は長康。『画賛』は現在では佚。

【現代語訳】　王戎は山巨源（山濤）を評した、「素朴な玉や細工をしていない金のようなお方だ。誰もが皆その宝を喜ぶけれども、それでできた器をどう名付けていいか、分からない。」

山濤は自分から名を世にあらわそうとする所はなく、心がこもっていて奥深く、物静かで寡黙な人なので、人々はその器のかぎりを推し量ることができなかった。（役人として力を発揮していたが）それでいて（役人を離れているときには）心静かでまた老荘の道をも体得していたので、見る者は彼をどのように称したらよいか（ますます）分からなかったが、（それでもいつも）その計り知れないほど大きな器量に敬服していた。

【解説】　同時代を生きた王戎と少し後の顧愷之の、山濤評を見ておきましょう。身近にいた王戎は言葉にできない粗金のような器だと評価し、[65]でみた「心は事外に存するも、時と俯仰す」山濤評を、山濤から五十年後の顧愷之は『荘子』の語彙である「淵黙」で集約しています。

概して山濤はその後の人にどのように評価されたのでしょう。ほぼ一五〇年後の南朝宋の顔延之は竹林の七賢の中から、高官としての道を歩んだ山濤と王戎とをはずした「五君詠」（『文選』巻二一）をうたいました。自己の政治上の憤懣を五人に重ねた的確な詠史詩ですが、しかし事このことに関しては、単純にこの二人が高官だから評価できないと言い切ったらお終いのようなところが、いわゆる竹林の七賢を考えるときには言えるのではないかと、筆者は思います。多様で複雑極まりない混沌とした個我たちが、少なくともその存在の根底で互いに畏敬し、しかもそれぞれが自己の責任において自己の生を貫き通した——貫き通せなかったことを含めて——存在であることを提示したところに、竹林の七賢伝説の意味があった、そしてそれに象徴される『世説新語』の人間観や、人間模様に歴史的価値もあるのだ、と筆者は考えます。いずれも自身の内部に矛盾を抱え、処世に表と裏の面がある、複雑な魅力なのです。その一人山濤もまた、王戎が述べた「どう名付けて良いかわからない」という魅力なのですから、そここそが原点には違いありません。顧愷之も「偉量」と言って絶賛していますが、実は言葉にならない器量だとして、理解の向こうに追いやって、その大きさを表現しているのです。

もっとも顔延之の五首から二君が抜かれたからといって、さらに五十年後の梁の昭明太子が「詠二君」（二君を詠ず）詩を追加しているのですが、その教養次元の表現行為には、竹林の賢人たちの賢人性から考えを巡らそうとする荒々しい、生き生きとした議論があったとは思えませんから、文学というものはややこしいところがあります。

[74]

人問二王夷甫一、「山巨源義理何如。是誰輩。」王曰、「此人初不レ肯二以レ談自居一。然不レ読二老・荘一、時聞二其詠一、往往与二其旨一合。」

（賞誉第八・21）

人王夷甫（わういほ）に問ふ、「山巨源（さんきよげん）の義理は何如（いかん）。是（こ）れ誰（た）が輩（ともがら）ぞ」と。王曰はく、「此の人は初めより談を以て自ら（みづか）居るを肯（がへ）んぜず。然（しか）るに『老』・『荘』を読まざるに、時に其の詠を聞けば、往往にして其の旨と合（がっ）す」と。

○王夷甫　[72]の語釈を参照。
○義理　哲理。哲学。
○自居　自任する。自分は（ある哲学を）よりどころとすること。
○詠　ここでは、心の内や考えを人に話す意。
○「賞誉」　篇名。[52]の語釈を参照。

【現代語訳】　ある人が王夷甫（王衍）に尋ねた、「山巨源の哲学はどうですか。どういった類の人の哲学でしょう。」王夷甫は答えた、「このお方は初めから人と談論して自分を主張しようというところなどまったくない。それでいて、『老子』も『荘子』も読まないのに、時折りその申されるところを聞いていると、往往にしてそれらの主旨と合致している。」

【解説】　今度は山濤の人と思想について、王戎の従弟にあたる王衍による評価です。老荘を読まないのに、処世の姿の根幹としてその思想を実践していると言っています。一般的に思想家と実践家とは必ずしも重なるものではありませんが、吟味探求したその思想が実践として生きている場合に、やはり思想を獲得した人としての大きな存在がイメージされます。しかし、既成の思想を読まない生活者であっても、おのずとその言動が思想を生き生きとイメージさせる例は、現実のなかに実は至る所に存在します（もっとも残念ながら概ねは見逃されがちですが）。知を重んじないかのようでありながら、知そのものの体現者としてあるというなら、これはまた山濤の大いなる名誉であるには違いありません。それが目の前に存在していると驚嘆している王衍なのです。

　ところで老荘思想の一面には、嵆康のように反儒教の生き方を求める精神の基底に、儒家的潔癖さが貫かれるのに対して、同じくその老荘思想が時代と共に生き、結果として儒教を標榜する体制のなかで不正義をも容認してしまうところがあったことも事実です。それもまた基本的にその思想が正義不正義の次元を等しいものとして認識できることからくる姿なのでしょうか。それを許容範囲が広いというのかも知れませんが、もしかして時代に対して大まかで曖昧性をも含む、存在することの面白さをこそ生きようとしてのことなのでしょうか。『世説新語』の時代から考えることの意味はこういったところにもあるでしょう。

[75]　晋武帝毎レ餉二山濤一恒少。謝太傅以問二子弟一、車騎答曰、「当下由二欲者不レ多、而使中与者忘上レ少。」（言語第二・78）

○謝太傅　東晋・謝安（三二〇－三八五）、字は安石。太傅（皇帝の教育輔導）となった。

晋の武帝は山濤に餉る毎に恒に少なし。謝太傅は以て子弟に問ふ。車騎答へて曰はく、「当に欲する者多からざるに由りて、与ふる者をして少なきを忘れ使むるなるべし」と。

○車騎　車騎将軍の謝玄（三四三－三八八）、字は幼度。叔父の謝安の命を受けて、淝水の戦い（三八三年）で、前秦の符堅（三三八－三八五）の大軍を破り、東晋の危機を防いだ。

○「言語」篇名。［55］の語釈を参照。

【現代語訳】　晋の武帝（司馬炎）は山濤に贈り物をするときいつも少な目であった。（後に東晋の）謝太傅（謝安）はこのことを（話題にのせて）子弟たちに、どう思うかと尋ねた。すると車騎将軍（謝玄）が答えて言った、「それは贈り物をもらう方が多くを要求しないため、贈る者のほうに、少ないのではないかということを忘れさせるのでしょう。」

【解説】　山濤から一世紀後、政界の大物となった風流人の謝安の一族の集まりの場での議論もまた、山濤の名誉を伝えています。体制内での出世欲や権力の象徴とは違う、政治家として大物だという評価に加えて、筆者は時代の枠のなかで良識派の大物という評価を与えたいと思います。

第七章

ケチンボ 王戎(おうじゅう)

（一）神童の眼力

［76］王戎七歳、嘗与諸小児遊、看道辺李樹多子折枝。諸児競走取之、唯戎不動。人問之、答曰、「樹在道辺而多子、此必苦李。」取之、信然。（雅量第六・4）

王戎は七歳のとき、嘗て諸小児と遊び、道辺の李樹子多く枝を折らんとするを看る。諸児は競走して之を取らんとするも、唯だ戎のみ動かず。人之を問へば、答へて曰はく、「樹道辺に在りて子多し、此れ必ず苦李ならん」と。之を取れば、信に然り。

○雅量　篇名。［28］の語釈を参照。

【現代語訳】　王戎が七歳のときのこと、子ども達と一緒に遊んでいたところ、道端の李の樹に枝もたわわに実がなっているのを見つけた。子ども達は競走して駆けて行き、李の実を取ろうとしたが、王戎だけはそれに加わらずじっと動かなかった。（それを見ていた）人がなぜ君も駆け出さないのかと問いかけると、王戎は「木が道端にあって実を沢山つけている、これは必ず苦い李に違いないです」と答えた。子ども達がその実を取って食べると、ほんとうに王戎の言ったとおりだった。

【解説】 幼年から少年の入り口での、日常の遊びの中で、王戎が事態を冷静に判断し、他の子供たちと言動に距離を置いて見つめることができた話です。その場を目撃した大人の中にはたしかに冷静だけれど、ちょっと子供らしさがないとやっかみをもらす者がいても不思議ではありませんが、そこは琅邪王氏の御曹司、何でもない日常の遊びにもあいつは他の子供とどこか違うと、一目置かれるようになったに違いありません。

---

[77] 魏明帝於㆓宣武場上㆒、断㆓虎爪牙㆒、縦百姓観レ之。王戎七歳、亦往看。虎承レ間攀レ欄而吼、其声震レ地。観者無レ不㆓辟易顛仆㆒。戎湛然不レ動、了無㆓恐色㆒。（雅量第六・5）

魏の明帝は宣武場上に於いて、虎の爪牙を断ち、縦に百姓に之を観しむ。王戎は七歳にして、亦た往きて看る。虎は間より承ひ欄を攀ぢて吼え、其の声は地を震はす。観る者辟易顛仆せざる無し。戎は湛然として動かず、了に恐るる色無し。

○魏明帝　魏の第二代皇帝、曹叡（在位　二二七－二三九）。
○宣武場　洛陽の練兵場をいう。[72]の語釈を参照。
○辟易顛仆　「辟易」は、ひるんで後ろに退く。「顛仆」は、ひっくり返る。
○湛然　澄んだ水が深くみちているさま。ここでは、落ち着きはらっているさま。

【現代語訳】 魏の明帝は洛陽の都の練兵場で、爪と牙を断ち切った虎を、自由に民衆に見物させた。王戎はそのとき七歳であったが、彼も他の人と同じように出かけて行って見物した。虎は檻の隙間から様子を窺っていたかと思うと欄をよじ上って吼え、その声は大地を揺るがすほどの迫力ある大きさだった。見物していた者たちだれもがたじろいだりひっくり返ったりしたが、しかし王戎は平然と落ち着きはらっていて、最後の最後まで恐れるそぶりも見せなかった。

【解説】 同じく王戎七歳の時の、今度は半ば公式の場での少年王戎の登場です。魏の第二代明帝が民たちを怖がらせて楽しませてやろう、と虎見物のイベントを開いたときのこと。虎が檻の隙間からにらみつけると見物の誰もがすくみ上がり、一声吠えると誰もがひっくり返ってしまうのを、遠くから満足そうに眺めていた明帝の眼の先に、まったく動じることなく虎をじっと見ている少年がいて、それ以後王一族の王戎の名を記憶にとどめたことだったでしょう。

（二）父の死を哀しむ、息子の死を哀しむ

[78]

王戎・和嶠同時遭大喪、倶以孝称。王雞骨支床、和哭泣備礼。武帝謂劉仲雄曰、「卿数省王・和不。聞和哀苦過礼、使人憂之。」仲雄曰、「和嶠雖備礼、神気不損。王戎雖不備礼、而哀毀骨立。臣以和嶠生孝、王戎死孝。陛下不応憂

○和嶠　[62]を参照。
○床　寝台。または、長椅子。
○晋武帝　晋の初代皇帝司馬炎。[68]の語釈を参照。
○劉仲雄　劉毅（？－二八五）、字は仲雄。西晋の尚書左僕射（さぼくや）。
○卿　ここでは、皇帝から臣下に呼びかける二人

嶠、而応レ憂レ戎。」（徳行第一・17）

王戎・和嶠は時を同じくして大喪に遭ひ、倶に孝を以て称せらる。王は雞骨床に支へられ、和は哭泣礼を備ふ。武帝は劉仲雄に謂ひて曰はく、「卿は数しば王・和を省するや不や。和は哀苦礼に過ぐと聞き、人をして之を憂へ使む」と。仲雄曰はく、「和嶠は礼を備ふと雖も、神気損はず。王戎は礼を備へずと雖も、哀毀骨立す。臣以へらく和嶠は生孝、王戎は死孝なり。陛下は応に嶠を憂ふべからずして、応に戎を憂ふべし」と。

○生孝　自分まで死んでしまうことはない、節度を持った孝行。
○死孝　自分まで死んでしまうかも知れない、過度の孝行。

【現代語訳】　王戎と和嶠は同じ時期にそれぞれ親の喪に服したが、二人とも親孝行だと称賛された。王戎はがりがりにやせて鶏の骨のよう、ようやくその体は寝台に支えられていた。一方、和嶠は慟哭するにもよく哭礼に適っていた。晋の武帝は劉仲雄に様子を尋ねて言った、「きみはたびたび王戎と和嶠を見舞っているか、どうかね。（とりわけ）和嶠はひたすら礼法を守ってひどい哀しみようだと聞いていて、心配でならない」と。すると劉仲雄は答えて言った、「和嶠は（ひどく悲しんでいますが、それでも）礼にきちんと則っていて、彼の精神力まで弱ってしまっているというものではありません。一方の王戎はその哀しみ方は礼に適っているとはとうてい言えませんが、しかしその哀しみようはそれはもうひどく、骨ばかりで立っているような有様です。わたくしめが思いますに、和嶠の孝行ぶりは「生孝」で、王戎の孝行ぶりは「死孝」と言えます。陛下、どうぞ和嶠のことは心配なさらなくても、彼は大丈夫です。むしろ王戎の方をこそご心配なされるべきでございます」と。

【解説】　孔子が人間として最も大切な四科として「徳行、言語、政事、文学」とあげた（『論語』先進篇）、その順番通りに『世説新語』の篇目の最初に並んでいます。その冒頭におかれた徳行篇では、どのような人が徳ある人物と言えるか、具体例を列挙しているのですが、特徴は経典に書かれた儒教道徳を宣揚するというわけでは必ずしもないということです。儒教道徳を遂行しなければならないと言い聞かす道徳の書として編集されていない、どれほどその徳目の精神を徹底したか、それを強く生き抜いたかが、そこでは試され、結果として徳目の主張でなく、そもそも徳ある人とはどういう人物をいうものなのだろうかを、読む者にあらためて考えさせることになる話が集められています。

儒教道徳の一つは親孝行で、「孝」の大きな具体的な姿は祭礼でもあったから、儒教の礼制の中でもとくに喪中での振る舞いがきわめて厳しいものでした。親を亡くしたときの悲しみ方にもきまりがある。『礼記』曲礼篇には、痩せ細って骨が目立つ服喪に堪えないようなまでの悲しみようは、「乃ち不慈不孝に比す」と戒めているので、本文における両者の悲しみ方の、模範的なのは和嶠なのです。礼制にいう、神気を損ってはならない悲しみ方に沿いながら、忠実に服喪する悲しみの中にいるので、晋の武帝は和嶠の所に行って十分その悲しみを癒してやるようにと側近の劉仲雄に申し伝えます。一方同じ時期に父親を亡くした王戎は過度に悲しみ、ガリガリに痩せ衰えています。これは礼制から言えば慎まなければならない過度の悲しみようです。しかし劉仲雄は、「生孝と死孝」という対照をして、武帝に、和嶠は身を滅ぼすことはないが、王戎の悲しみは命を落としかねないから、王戎の方こそ慰めてやるべきですと言う。つまり、儒教の徳目を犯してまでも（あるいは、規範から逸脱せざるを得なかったとしても）、孝行のあまりの悲しみの内面を振り返らせているのです。もちろんこのような死孝を勧めているのではありません、過度にならざるを得ない悲しみの情のなかに悲しみの本来の姿があることにも思いを致せ、生きる規範では推し量れない、そこからはみ出してしまうところに親を亡くした真情が見えるとしているのです。その話を、『世説新語』はこれも孝という徳目の実態ではないか、礼制の奥の基本的精神でもあるのではないか、としているのです。

なお、父の王渾の没年はわかりませんが、いずれにしても武帝の治世、二六五年以後ですから、王戎の三十二歳以降、壮年期の話です。

［79］

王安豊遭レ艱、至性過レ人。裴令往弔レ之曰、「若使二一慟果能傷一レ人、濬沖必不レ免二滅性之譏一。」（徳行第一・20）

王安豊は艱に遭ひ、至性人に過ぐ。裴令往きて之を弔して曰はく、「若し一慟をして果して能く人を傷つけ使むれば、濬沖は必ず滅性の譏りを免かれじ」と。

○王安豊　王戎は、安豊侯に封ぜられた。
○遭艱　親の死にあう。丁艱。
○至性　本性。
○裴令　裴楷。西晋の中書令。「令」は、長官。［8］を参照。

【現代語訳】　王安豊（王戎）は親の死に遭ったとき、その哀しみようは本性まで駄目にするくらい極端なものだった。弔問に出かけていった裴令（裴楷）は、そのときの王戎のようすを次のように言った、「もし慟哭が結局自分を決定的に傷つけるものであるとすれば、この度の濬沖の哀しみ方は必ずや自分の本性を滅ぼしてしまう、といった非難を免れないでしょう。」と。

【解説】　王戎の過度の悲しみようが、ゴリゴリの礼教主義者から「滅性の譏りを免れない」と非難されることを心配して、裴楷がそんなに悲しんでは貴兄は身を亡ぼしてしまいますよと、忠告します。古くから裴楷は王戎と友人関係にあり、また従子の裴頠は王戎の娘の夫となっています。ところで、本文の叙述も抜かりなく考えられています。まずは一般的に呼ばれている王安豊（安豊侯に封ぜられた）と書き起こすのに対して、後文で裴楷が彼を字で呼びかけるように叙述しています。二人称として畏敬の念を表した私的な呼びかけです。ですから、「非難を免れないでしょう」との発言は、彼への批判の声を投げつけたのではなく、とても心配しているのです。そのようにしか裴楷は慰めのことばを発せられなかったくらい、王戎は衰弱しきっていたのです。

［80］　王戎喪二児万子一。山簡往省レ之、王悲不二自勝一。簡曰、「孩抱中物、何至二於此一。」王曰、「聖人忘レ情、最下不レ及レ情。情之所レ鍾、正在二我輩一。」簡服二其言一、更為レ之慟。（傷逝第一七・4）

王戎は児の万子を喪ふ。山簡往きて之を省するに、王は悲しみて自ら勝えず。簡曰はく、「孩抱中の物、何ぞ此に至らんや」と。王曰はく、「聖人は情を忘れ、最下は情に及ばず。情の鍾まる所、正我が輩に在り」と。簡は其の言に服し、更めて之が為に慟す。

○往省　訪ねる。ここでは、弔問する意。
○山簡（二五三―三一二）字は季倫。山濤の子。[94]を参照。
○孩抱中物　まだ胸に抱きかかえる年齢の幼子。
○最下　最も下等の人間。
○正　「まさに」と読んで、「まさしく」の意ともとれるが、「正…（耳）」（ただもう…だけだ）と読んだ。「正」は、「止（ただ）」と同じで、当時の口語。
○「傷逝」　篇名。死者を哀悼する話。

【現代語訳】　王戎は万子という名の息子に先立たれた。山簡が弔問にやってきたとき、王戎は悲しみに耐えられないといった落ち込みようだった。山簡が「まだ年端もいかない子だ、どうかこんなにまで悲しまないでくれ」と慰めたところ、王戎は言った、「聖人は（哀しみにあっても心乱さず）情を抑えることができ、最下等の人間はそれほどまでに悲しまない。子どもを亡くした哀しみの情が集まって離れないのは、ただもうわたしのような者のところなのだ」と。それを聞いた山簡は王戎のことばに感服し、あらためて彼のために慟哭したのだった。

【解説】　王戎は万子という名の息子に先立たれ、すっかり弱っていましたが、哀情が過ぎることは良くないことも分かっています。弔問に来てくれた山簡の精一杯の慰めにも、王戎は理屈ではどうしようもない悲しみのなかにいて、なんともはや慰めにならぬものでした。王戎に通じなかったからといって、決して山簡が鈍感な男であったわけではありません。落ち込んで言葉もかけられないほどの王戎に、残酷にも聞こえる言葉しか発せられなかったのです。そのとき王戎は、お前に何が分かるか、という対応ではなく、山簡の真情も重々わかっている、分かっているから感情をセーブするのは人の道だとは思う、しかしこの悲しみはどうしようもないのだ、自分はその程度の平凡な男なのだ、そのようなひたすらな情の人間なのだから、と告白して山簡の心からの弔問に存在のすべてで応えているのです。互いに言葉の奥の、相手への真情の交換の応酬なのですから、こうなれば読み手も愛児の死という宿命を共に慟哭するしかないのでしょう。

ところで、本文の山簡が慰めようとした言葉の中で、「孩抱中物」と言っているのですから、亡くなった万子は抱かれているだけの乳飲み子だったか、やっとよちよち歩きできるようになった幼児かだったということになります。後述する終章[93]で、注が引く『晋諸公賛』では、王万子は十九歳で亡くなって、そのとき王戎はとても悲しんだと明記されていて、ここでの「孩抱中物」というのと整合しません。もしもテキストが間違っておらず、成人も間近の十九歳の万子が亡くなったのときのことであったら、「乳飲み子ならまだしも、成人近くまで成長できたのだから、それほどまでに悲しまなくてもいいじゃないか、」になるしかないのですが、しかしどうも文脈として無理がある。それに対して、ここでの幼児の万子の名がなければ、文意として通ることになります。それなら将来を託した十九歳の万子を亡くした深い悲しみの後、晩年に出来た子供の誕生の喜びはひとしおだったのに、またその子を亡くしたともなり、一応筋は通ります。なお、劉孝標は注で、ここでの万子の死を怪しんで、王戎の従弟王衍（えん）（二五六－三一一、字は夷甫）が愛児をなくしたとき、山簡が弔問した話とした一説があると紹介しています。

いずれにしても、成人前や赤子の時に亡くなることが多かった時代にあってそれを受け入れるしかないのに、どうしても受け入れられない過度の悲しみの王戎だったのです。寿命を予測できる父親の死にもあれほど悲しんだのですから、ましてや人に抱かれて何も分からない乳飲み子、あやされて笑うことを知ったばかりの可愛い盛りの赤子の死だったのですから。

（三）阮籍・嵆康らとあっぱれ伍した俗物

［81］嵆・阮・山・劉在竹林酣飲。王戎後往。歩兵曰、「俗物已復来、敗人意。」王笑曰、「卿輩意、亦復可敗邪。」（排調第二五・4）

嵆・阮・山・劉は竹林に在りて酣飲（かんいん）す。王戎後（おく）れて往く。歩兵曰はく、「俗物已（すで）に復（ま）た来りて、人の意を敗（やぶ）る」と。王笑ひて曰はく、「卿（けい）が輩の意も、亦復（ま）た

○已復来　またぞろ（とっくに皆の集まりよりも遅れて）やってきたので。「復」は強意の語気を表す。

○卿輩　二人称。ここでは、お前さんたち。相手に親しみを込めながら、ぞんざいに呼びかける。

敗るべけんや」と。

○「排調」「排斥」と同じ。篇名。あざける話。

【現代語訳】　嵇康、阮籍、山濤、劉伶といった人たちが竹林で存分に酒を飲み、盛り上がっているところへ、王戎が遅れてやってきた。阮歩兵（阮籍）が言った、「俗物がやってきたので、われらの気分をぶっ壊してしまった」と。王戎は笑いながら、「お前さんたちの気分も壊されるなんてことがあるのですか」とやり返したのだった。

【解説】　王戎はなかなか複雑で、理解が難しい、そこが面白いと言えば言える個性です。竹林の交流で王戎は最年少。山濤とは三十歳、阮籍とは二十五歳、二十年の長きにわたって交際したという嵇康（嵇康の章の[27]）とは十二歳も離れている彼は、強烈な個性をもった反俗の賢人たちの任誕に伍して、存分に彼らの中に居場所を占めていた十分な猛者でした。連中が集まって大酒を飲んでいる場へ王戎が遅れてやってきたとき、ああやってきたね、さあ飲もう飲もうと迎え入れても良さそうなのに、しかし投げつけられたのは、せっかくいい気分で盛り上がっていたのに、またぞろ俗物のお前がやってきて良い気分も台無しだ、と面と向かっての台詞でした。しかし阮籍が発した「俗物」の一言には、激しい蔑視というよりは、日頃何かと交流のあった王戎の俗物っぽい一面を知っていたからこそ、軽口のように笑って面白がる年長者のからかいがほの見えます。日頃から彼らは気ままに付き合い、意気が合った連中なのですから、阮籍が投げつけた言葉に笑いが高まり、さて年若い俗物の猛者の応対がどう出るか、待っていたのでしょう。王戎もさる者、期待通りにやり返して、また一同大笑いで楽しんでいるのです。場は白けるどころか、一座はこのやりとりを肴にしてますます酒量が進むのです。

　おさめられている排調篇は人をあざける話を集めたものですが、次の軽詆（けいてい）篇よりも少しニュアンスの軽いあざけり話が多く、とくに本文の話などは決して眉をひそめたり、後味の悪さが残るのではない、屈託のないあっけらかんとしたものです。若い俗物王戎をもとりまく反俗の、年齢、性格、境遇、身の処し方を超えた清遊の場があったことを十分に伝えています。

［82］

王濬沖為尚書令、著公服、乗軺車、経黄公酒壚下過、顧謂後車客、「吾昔与嵇叔夜・阮嗣宗共酣飲於此壚。竹林之遊、亦預其末。自嵇生夭、阮公亡以来、便為時所羈紲。今日視此、雖近邈若山河。」（傷逝第一七・2）

王濬沖は尚書令為りしとき、公服を著て、軺車に乗り、黄公の酒壚の下を経て過ぎ、顧みて後車の客に謂ふ、「吾は昔 嵇叔夜・阮嗣宗と共に此の壚に酣飲す。竹林の遊も、亦た其の末に預る。嵇生 夭し、阮公 亡じてより以来、便ち時の羈紲する所と為る。今日 此れを視れば、近しと雖も邈として山河の若し」と。

○尚書令　尚書台の長官。
○軺車　ここでは、一人乗り程度の馬車の意。
○黄公　黄某という（酒場の）おやじさん。
○酒壚　酒場。
○羈紲　束縛される。

【現代語訳】　王濬沖（王戎）は尚書令だったとき、役人の礼服を着て、公用車に乗り出かけていたとき、（ちょうど）、黄おやじさんの酒屋の前を通り過ぎようとした。彼は振り返って後ろの車に乗っていた客人に言った、「わたしは昔、嵇叔夜や阮嗣宗と一緒にこの酒屋で存分に飲んだものです。わたしは（最も年少者でしたけれども）、あの竹林の遊びの、その末席に列なっていました。（しかし）嵇康さんが若死にし、阮籍どのが亡くなってからは、たちまち時代に繋がれたようにして生きてきました。今通り過ぎたこの酒場は目の前に昔のまま残っているのに、（彼らとの清遊は）はるか遠い昔のことになってしまい、（あの酒場も）山河に隔てられたところにあるように思ってしまいます」と。

【解説】　王戎の最晩年、四、五十年経っていたでしょうか、かつて阮籍や嵇康らと入り浸って飲んだ酒屋の前を通りかかったとき、懐古の感傷に襲われたときのことが書かれています。王戎自身も忘れていたかも知れないほどの大昔のことで、今その場所をありありと目の前に認めたというのに、もはやそれは茫漠として遠く隔たったものでしかないとの感慨に沈んでいるところです。高官として公用で洛陽の外れを通りかかった時のことなのでしょう、後に従う恐らく世代が下の客人たちに向かって語っていますが、しかし、懐かしんでかつての清遊を自慢しているのではなく、心底、魏末は遠くなりにけりと、感慨深げに思ったことです。それだけ、年をとってしまった、時代の流れの中に永らく身を任せ、今では晋の高官となっている、その来し方を振り返って後続の客人たちに語る王戎はどんな思いだったのでしょう。特に阮籍や嵇康の名は聞いたことはあっても、すっかり時代は変わってその清遊の実態や反俗の雰囲気を知らないであろう客人たちばかりであったに違いないのですから。

（四）病膏肓のケチを徹底した後半生

［83］王戎倹吝。其従子婚、与㆓一単衣㆒、後更

○膏肓之疾　救いがたい性癖をいう。もともとの意

責レ之。

戎性至倹、不レ能ニ自奉養一、財不レ出レ外。天（倹嗇第二十九・2）
下人謂レ為ニ膏肓之疾一。（同注所引王隠晋書）

王戎は倹吝なり。其の従子の婚するや、一単衣を与ふるも、後に更に之を責む。
戎は性 至倹にして、自ら奉養すること能はず、財は外に出さず。天下の人は膏肓の疾ひ為りと謂ふ。

は、膏（心臓の下の脂肪）と肓（胸と腹の間の膜）に入った治る見込みのない病気のこと。『左伝』成公十年の条に出てくる成語。
○「倹嗇」 篇名。倹約家で物惜しみする、極端にケチな人間の話。

【現代語訳】 王戎はケチンボだった。自分の甥っ子の婚礼に際し、単衣一着を贈ったが、後からその代金はまだかと責めたてた。

戎はそれはもうケチな性格で、わが身を養うこともできないほどで、お金をいっさい使わなかった。天下の人たちはあれは膏肓の疾だと言っていた。

【解説】 『世説新語』の倹嗇篇には計九話が収められ、そのうちの四話が王戎のものです。甥っ子の結婚式に際し婚礼用の単衣を贈りますが、婚礼がすむと代金を請求したという話です。甥っ子が可愛くなかったとかの問題ではありません。金銭はたとえ親族といえども、王戎には愛情とは別のものなのでした。このケチンボぶりを注が引く王隠の『晋書』では当時の人たちに「膏肓の病」と評されたと伝えています。

[84] 王戎女適裴頠、貸銭数万。女帰、戎色不説。女遽還銭、乃釈然。（倹嗇第二九・5）

王戎の女(むすめ)は裴頠(はいき)に適(とつ)ぐに、銭数万を貸す。女帰るに、戎は色説(よろこ)ばず。女遽(にはか)に銭を還せば、乃(すなは)ち釈然たり。

○裴頠（二六七－三〇〇）字は逸民。西晋の尚書左僕射。
○釈然　不快の表情が消えた。

【現代語訳】　王戎の娘が裴頠のもとに嫁いだとき、持参金として数万の銭を用意して貸してやった。結婚後娘が実家に帰ってくることがあると、王戎は不快の念を顔に出して示した。（それに気づいた）娘が急いで銭を父親に返すと、なんとまああすぐに王戎の機嫌が直った。

【解説】　父親と愛児の死没に対して身を滅ぼしてしまわんばかりに極度に悲しんだ王戎ですが、それとは対照的に喜ばしいはずの場面での、どんなに愛しい娘だとしても冷めた態度で、本領発揮のケチンボぶりでした。娘が嫁ぎ行くとき、持参金として数万銭を貸し与えたときの話です。喜ばしい父親の心情が示されるかとおもうと全く正反対、そもそも大富豪の王戎が嫁入りの持参金を「貸」し与えること自体、すでに偏奇な父親の姿です。おそらく娘は日頃の王戎のケチンボぶりを知っていたのですが、なにせ娘の結婚なのですから、このときばかりは気楽に受けとめて約束を意に介していなかったか、またはいずれ返せばいいと思っていたかでしょう。しかし実家に帰ると明らかに不機嫌な父親に、さすが実の娘、なぜに不機嫌かを瞬時に察し、大急ぎでその金を返却する、すると掌を返したように父親の機嫌が直ったという、なんともはやわかりやすいのかわかりにくいのか、大変な親子関係です。こんなやりとりがあってもこの娘と娘の旦那とに対しては、後述する[92]の話のように不謹慎なまでに父親の情を示した行動をしたり、同時に家族関係を持続しているのです。
節度を持った応接を演じたりするなど、これまた奇妙な

[85] 王戎有好李、売之、恐人得其種、恒鑽其核。（倹嗇第二九・4）

王戎に好き李有り、之を売るに、人の其の種を得るを恐れ、恒に其の核に鑽す。

【現代語訳】 王戎のところ（の園）には美味しい李がみのる樹々があった。その李を売るとき、王戎は、それを買って食べた人がその種を手に入れるのを心配して、いつも売る前に李の核に錐で傷つけておいたのだった。

【解説】 蓄財に貪欲にしても、そこまでやるのかと誰が思いつくほど、まことに細かな事まで徹底する異様さを見せつけます。広大な庭畑に美味い李がたわわに実ります。それを売っていた、ただその売り方が誰一人考えつかないようなまでに、細かいのです。売る前にあらかじめ一つ一つ李の核にキリで穴を開けておくなど、誰が思いつきましょうか、誰がいちいち実行に移せるでしょうか。誰もやらない、誰も考えつきそうにない、それくらい些末で細かなことに執着してケチることができるからこそ、倹嗇篇を代表する個我なのです。

[86] 司徒王戎、既貴且富、区宅僮牧、膏田

○司徒　三公の一。政治・人事の最高責任者。

水碓之属、洛下無レ比。契疏鞅掌、毎与二夫人一燭下散レ籌筭計。（倹嗇第二九・3）

司徒王戎は、既に貴く且つ富み、区宅・僮牧、膏田・水碓の属、洛下に比無し。契疏鞅掌して、毎に夫人と燭下に籌を散じて筭計す。

○膏田　作物がよく穫れる田畑。
○水碓　粉ひきのための大きな水車。
○洛下　洛陽一帯。
○鞅掌　手に余るほどの仕事の量。

【現代語訳】　司徒の王戎は、すっかり身分も高く、その上財産家でもあって、敷地の広さや邸宅の大きさ、屋敷の使用人や牧童の多さはもとより、肥えた田畑や大きな水車のたぐいまで、洛陽の都では比べる者がいないほどであった。決裁書があふれるほど多かったので、彼は毎晩夫人と一緒に、灯りの下で算盤をはじいて計算していた。

【解説】　王戎は単なる倹約家・始末屋で終らず、抜群の経済的な能力を持ち合わせていたようで、晩年司徒という三公を極めたときにはすでに洛陽第一の大富豪と評判でした。もちろん家柄がよいので、もともと財力はあったでしょう、しかし後に見るように高官になっても賄賂をもらわないとか、父の死亡に際して香典さえ受け取らない王戎です。それでいて生涯にわたって大金持ち。そんな大金持ちでありながら、始末屋を通り越しての金の盲者の行状です。資財に執着する夫婦の雰囲気を茶化したり呆れたりするのが、本文に見える、夜更けの明かりに照らされながら証文整理、金銭勘定に大忙しの夫婦の光景です。ここまで来ると広い屋敷のどこで誰がそのさまを見ていたのか、と言いたくもなりますが、注が引く王隠の『晋書』では、それも「翁と媼の二人は、常に象牙の籌（そろばん）を以て、昼夜　家資を算計す」とまで描出され、象牙の算盤とか、夜遅くまで励む老夫婦の妖しいまでのイメージで、おぞましさは増幅されています。もはや晩年の韜晦の姿だというにしても、中傷・軽蔑の域を超えている噂です。例によって賢人たち特有のパフォーマンスとはいえ、たしかに露悪過ぎるようです。

(五)「有徳」・「簡要」の人

[87] 王戎父渾有二令名一、官至二涼州刺史一。渾薨、所レ歴九郡義故、懐二其徳恵一、相率致レ賻数百万、戎悉不レ受。(徳行第一・21)

王戎の父渾(こん)令名有り、官は涼州刺史に至る。渾薨(こう)ずるや、歴(ふ)る所の九郡の義故、其の徳恵を懐(おも)ひ、相率(ひき)ゐて賻(ふ)を致すこと数百万、戎は悉(ことごと)く受けず。

○王渾(?-?) 字は長源。西晋の尚書、涼州刺史(涼州〈甘粛省〉の行政長官)。
○義故 恩義を受けた知り合い。
○賻 香典。

【現代語訳】 王戎の父親の渾は立派な人と評判良く、官職は涼州刺史にまでなった。その王渾が亡くなったとき、歴任した九郡の恩義を受けた人たちが、彼の人徳と慈愛を慕い、次々に数百万銭にものぼる香典を贈ってきたが、王戎はその総てを受け取らなかったのだった。

【解説】 王戎が父渾(こん)をなくしたときの「死孝」については[78]・[79]で見ました。その父は歴任した土地のいずれにあっても大変評判がよく、人徳を慕う人たちから山ほどの香典が贈られてきましたが、王戎はそれを一切受け取りませんでした。倹嗇篇のエピソードからすると正反対の徳行です。ここにも多分に王戎のパフォーマンスがあったかも知れませんが、父の立派な人生は父の功績、父を弔うのは息子たる者のつとめとした建前には、やはり潔い精神がしっかりと披瀝されています。だからこそ逆に、後半生の倹嗇癖との際立つ対比が実に生き生きとしてくるのです。このギャップにこそ王戎の処世のすべてが示されてあると言えるかも知れません。

[88] 王戎為侍中、南郡太守劉肇遺筒中箋布五端。戎雖不受、厚報其書。（雅量第六・6）

王戎は侍中為（た）りしとき、南郡太守劉肇（りゅうてう）筒中の箋布（せんぷ）五端を遺（おく）る。戎は受けずと雖も、厚く其の書に報ゆ。

○侍中　天子の側近顧問。
○南郡太守　南郡（河南省）の行政長官。
○劉肇　（？－？）
○筒中箋布　竹筒の中に入れた絹の反物。
○五端　「端」は、二丈とも、六丈ともいう。

【現代語訳】　王戎が侍中だったとき、南郡太守の劉肇から竹筒の中に入れられた絹の反物五端が贈られてきた。王戎はそれを受け取らなかったけれども、手厚くそれに返事を書いた。

【解説】　本文には、賄賂を受け取らない王戎の清廉な役人としての顔が表現されています。倹嗇とは真反対の一面ですが、王戎は徳行だけでなく、さらに「雅量」を評価されているところが、ケチンボ王戎の一面を少しは見直す契機になります。地方長官から贈与されようとした多量の絹を受け取らなかったのですが、相手の気持ちを無視してすげなく突き返すのではなく、とにかく相手の厚意（もしくは、相手の露骨なもくろみがあったのかも知れませんが）を傷つけることないように、と礼状をしたためているのです。ここの注が引く『晋陽秋』には、この件が露見し、司隷校尉の劉毅が、王戎を追求しようとしたけれども、武帝が口頭で詔を出して「義として豈に私を懐かんや」と弁護するほど王戎に対して信頼厚く、問題視されなかったと伝えています。賄賂を受け取らなかったけれども、相手の気持ちを思いやり、それでも筋を通して事を荒立てないところが、「雅量」という評価なのです。しかもそれだけでなく、万が一の糾弾をも予測して事情説明をきちんと文書に残しておく、高官としての危機管理もしっかりとしていたということになります。この話から伺われるのは、こういう賄賂の嫌疑が頻繁にあった現実や、さらに実際に賄賂を受け取ることを拒否した清廉な者に対しても、証拠がない限り、それを口実にいつはめられるか分からない危うい情況でもあったということです。王戎は、金に汚いのか綺麗なのか分からないとする己に向けられたに違いない世評に敏感で、高官としての抜かり無さに人一倍心がけていた男であったことは、このことからよく分かります。

［89］王戎云、「太保居在正始中、不在能言之流。及与之言、理中清遠、将無以徳掩其言。」（徳行第一・19）

王戎は云ふ、「太保は正始中に居在して、能言の流に在らず。之と言ふに及び、

○能言之流　「正始の音」と称された清談をよくした能弁家たち。何晏（？－二四九）や王弼（二二六－二四九）など。
○理中　理論がよく通っていること。
○清遠　すっきりとしてい

理中清遠、将（は）た徳を以て其の言を掩（おほ）ふ無からんや」と。

○将無　…ではないだろうか、おそらく…だろう。断定するのを避けて婉曲に言う。六朝時代によく使用された言い方。

て奥深いこと。

【現代語訳】　王戎は言ったことがある、「太保（王祥）は正始年間に活躍した人だったが、能弁家という訳ではなかった。しかし彼と話をすると、とても理論的で、すっきりとしていてそれでいて深みがあった。人徳がその言葉をおおっていたのであろう」と。

【解説】　琅邪王氏の一族の後輩たちを相手に、王戎が二世代上の太保（皇帝の教育係）の王祥（？－二六九、字は休徴）を褒めて、その当時、弁が立つ者はいっぱいいてもてはやされているが、王祥はその者たちよりも何倍も理論家で深みがあったのは、他ならぬその存在そのものが人徳者だったからだ、と評しています。その評価は王祥を褒めているだけでなく、同時に王戎自身の自負であったかも知れません。そもそも、人のよき点を的確に見抜いて簡潔に評価できるのは、とりもなおさず語る人の価値観から理想が語られているからで、自分もまたそのようでありたいという思いが強く底流にあるのは言うまでもないでしょう。

王祥なる人物は、意地の悪い義母に誠実すぎるほどよく仕え、恐らく義母の没後でしょう、六十歳近くになってようやく出仕し、それまでの徹底した孝行を貫いたことが評価され、魏の斉王芳の正始年間（二四〇年から九年）に高官になった御仁です。当時は何晏たち「正始の音」と呼ばれる能弁の士たちが政界と思想界とを先導していたのでした。ここでは頭でっかちの能弁家ばかりが闊歩するのに対して、内にすっきりとした理を持ち、しっかりと行動できた一族の先輩に対する畏敬の念を持ち、王戎自身もまたそれに倣うようにして生きているのだと語っているのです。と同時に何晏たち「浮華の徒」の系列に与しない、同族意識や政治姿勢の誇りもあったでしょう。ただし、王戎その人は、後年二八〇年に呉を討った将軍の一人だったという評価以外にはかんばしい政治動向は伝わらず、むしろ西晋滅亡前夜に何も出来なかったと非難される一員でもありました。もっとも王祥も高官にすすみましたが、信念と力をもった政治家とは言いがたかったようです。

[90] 戎字濬沖、琅邪人、太保祥宗族也。文皇帝輔政、鍾会薦レ之曰、「裴楷清通、王戎簡要。」即倶辟為レ掾。晋践祚、累‐二遷荊州刺史一、以二平レ呉功一、封二安豊侯一。（徳行第一・17注引晋諸公賛）

戎、字は濬沖、琅邪の人、太保祥の宗族なり。文皇帝 輔政のとき、鍾会 之を薦めて曰はく、「裴楷は清通、王戎は簡要なり」と。即ち倶に辟して掾と為す。晋践祚するや、荊州刺史を累遷し、呉を平ぐの功を以て、安豊侯に封ぜらる。

○文皇帝　司馬昭（諡は晋の文帝）。第一章の（五）を参照。
○裴楷　[8]を参照。
○清通　さっぱりとして物事に通じている。
○簡要　あっさりとして要を得た言動をする。
○掾　属官。
○践祚　皇帝になる。ここでは、王朝を開くこと。
○『晋諸公賛』『隋書』経籍志二に、二一巻。西晋・傅暢の撰。

【現代語訳】 王戎は、字濬沖、琅邪の人で、太保の王祥の一族であった。後の文皇帝（司馬昭）がまだ魏朝の政治を輔佐していたとき、鍾会が王戎を推薦して、「裴楷は清通の人、王戎は簡要の人です」と述べた。そこで直ちに二人とも召されて大将軍司馬昭の掾となった。後に魏から譲られて晋の国ができると、王戎は（次々に役職を進め）やがて荊州刺史になったとき、呉を平定した功績をもって、安豊侯に封ぜられたのである。

【解説】　前出［78］の注が引く『晋諸公賛』の文章で、鍾会から裴楷とともに推薦されたときの、裴楷と並称した王戎評価です。両者への評価の微妙な違いは、すっきりと柔軟に対処できる裴楷に対して、要を得た言動をとる王戎といったところでしょうか。王戎はごちゃごちゃとした、ややこしい人間ではない、とする王戎評価は、もちろん出仕前のものですが、体制の推進役の鍾会からすれば、自分たち礼法の士の一員にして利用できると考えた、とまでは思えませんが、かといって、取り扱いがやっかいな、あるいは危険な反体制的青年とは見ていないのです。筆者は、この鍾会の評価にすでに、七賢たちの仲間とみなされながらも、それほど抵抗なく司馬昭体制へと入っていくことができ、しかも山濤のように必ずしも良識派でもなく、行跡が明らかでないようにしてほぼ階梯を登っていくことになる王戎の本質を見抜いていたような気がします。

（六）家族仲睦ましい恐妻家

［91］王安豊婦、常卿二安豊一。安豊曰、「婦人卿レ婿、於レ礼為二不敬一、後勿二復爾一。」婦曰、「親レ卿愛レ卿、是以卿レ卿、我不レ卿レ卿、誰当卿レ卿。」

○卿　あんた。おまえ。相手をぞんざいに呼ぶ二人称。

○誰当　一体だれが…するだろうか。「当」は、疑問詞に付いて、意味を強

遂恒聴レ之。（惑溺第三五・6）

王安豊の婦は、常に安豊を卿とす。安豊曰はく、「婦人の婿を卿とするは、礼に於いて不敬為り、後に復た爾する勿かれ」と。婦曰はく、「卿に親しみ卿を愛す、是を以て卿を卿とす、我 卿を卿とせざれば、誰か当た卿を卿とせん」と。遂くて恒に之を聴す。

める。

○「惑溺」篇名。女性に溺れる話。

【現代語訳】 王安豊（王戎）の奥方は、いつも安豊を呼ぶときに、「あんた」と呼んでいた。そこで安豊は（あるときとうとう）、「婦人たるもの、婿をあんたと呼ぶのは、礼のきまりでは不敬に当たります。（だから）今後二度とそのように呼んではいけません」と妻に言ってきかせた。（すると即座に）奥方は、「あんたに親しみあんたを愛している、だからこそあんたのことをあんたと呼ぶのです。わたくしがあんたをあんたと呼ばなければ、いったいどなたがあんたをあんたと呼ぶのですか」とまくし立てたのだった。かくして王戎はそれ以後もいつも自分のことをあんたと呼ぶことを、奥方に許していた。

【解説】 [86]で、真夜中に大邸宅の奥で明かりを頼りに、夫と仲良く共に財務整理に追われていた老妻を紹介しましたが、おそらくそれよりもずっと若かった頃のことと推測されます。ここの「婦」と[86]の「夫人」とはおそらく同じでしょうが、ともに生活をする王戎と奥さんとの関係を知る上では象徴的な話です。妻とはなんともはやユーモラスな絆です。日頃から親しんで呼ぶ「卿」は公式にはぞんざいな二人称で、決して目上の人を呼ぶ時には使えません。仲のよい同輩との私的な場か、公的には目下の者に対しての呼称です。家庭にあっても普通は妻が夫を、あんたとか、お前さんとか呼ぶのは、節度を持った呼び方でもありません。とりわけ格式ある家では、妻から夫に対して呼びかけるには礼に欠け、明らかになれなれし過ぎるのです。そのように自分を呼ぶ妻に対して、日頃文句を言うのを控えていた王戎でしたが、あるとき思いあまって、妻を前に畏まって、それは不敬の呼び方だと注意します。感情をぶつけるような注意の仕方ではなく、一般的常識として妻たる礼儀を説き聞かせるように言うのです。おまえ、そんなふうにおれを呼ぶな、おれを何様だと思っているのだ、と男の威厳を振りかざしたものでは決してなく、そこには妻を面と向かって詰(なじ)れるような力関係でない実態がすでに明白です。そのとき妻は親しみが強いから、格式張らないで親密に呼んでいるのよ、と言う意味のことを言い放つのですが、その時の言い方が妻の気性と言語能力を示しています。真っ正面から四言四句の三段論法の理屈をまくし立てる。それも王戎が不敬に当たるからやめてくれないかとことさら諭すように言った、その「卿」の字、それは高く平らかで、耳によく響く音（チン、qīng）を、各句ごとに二度も重ね、しかも各句末の押韻で使います。もういい、もういい、分かったから、分かったからと尻尾を巻く王戎の狼狽が目に浮かぶようです。本文の叙述は、その展開の具体的場を見事に文章化しています。そもそもそんな呼び方を夫婦間でもしないのが普通だ、と注意するところからして、下手(したて)というか、すでに夫婦関係の実態は示されていたわけで、勝負ははじめから決していたのです。惑溺篇に入れられているように、こんな妻に惑溺している、しかも円満な関係なのでした。ここにも王戎の対他者、とくに家族との生活と情愛の入れようがきわめて強いものであったことがうかがえます。

　王戎にはこのように、近親の死には抑えられない感情、妻にはぞっこんの傾斜が報告されていて、他の賢人の説話にはない、ある意味では微笑ましい人間像ではないでしょうか。要を得たかはともかく、近しい人間関係にあっては緩やかな人であったとは言えそうです。この点でもまた他の賢人から見れば、俗物ということになるのかも知れませんが。

［92］

裴成公婦、王戎女。王戎晨往裴許、不通径前。裴従床南下、女従北下、相対作賓主、了無異色。（任誕第二三・14）

裴成公の婦は、王戎の女なり。王戎は晨に裴の許に往き、通ぜずして径ちに前む。裴は床の南より下り、女は北より下り、相対して賓主を作し、了に異色無し。

○裴成公　裴頠は、謚を成という。［84］にも出る。

○作賓主　主人と客とがそれぞれ挨拶を交わす。

【現代語訳】　裴成公（裴頠）の妻は、王戎の娘であった。王戎は明け方早くに裴頠のところに出かけて行き、取り次ぎも通さず真っ直ぐに寝室に向かった。（岳父の訪問を知った）裴頠はベッドの南から降り、娘の方は北から降りて、そうして王戎と向かい合ってお客と主人の挨拶をそれぞれ交わし、最後の最後まで別段何事もないかのように語り合った。

【解説】　嫁入りした娘の嫁ぎ先を早朝訪問し、まるでわが家かのように（わが家にあってもそのようにはしないであろう）、取り次ぎもなくずかずかと一直線に夫婦の寝室まで行ってしまう。心情としてそれだけ打ち解けた親としての情が示された行為には違いないのですが、やはり度が過ぎています。まわりの、そして当人たちの思いも無視して直情的に行動する家族愛です。そして、若夫婦が急いでそれぞれベッドの南と北から降りて王戎と対面したとき、異常なことなど何事もなかったかのように、即座に主人と賓客の改まった挨拶をきちんと交わす節度を持って応対しあう、彼らの家族の絆がそのような独特のかたちで存在するのが見えます。

なお、[90]で王戎と裴楷が並称されていましたが、その裴楷の従兄裴秀の息子が裴頠です。彼は何よりも無為の思想が嫌いなゴリゴリの儒家で、「崇有論」を書いていますから、本来王戎のような破天荒な行為を煙たがる人のはずです。それでいながら率直で無茶な行動をする王戎に対する理解も持ち合わせていました。だからこそベッドから降りて、侵入者岳父ときちんと節度を以て挨拶するといった場面をもつことができたのです。王戎も娘夫婦も互いに理解し合った稀有の例には違いないでしょうが、こと王戎に関して言えば、自分は自分の流儀でやる、しかしゴリゴリの堅物を頭から馬鹿者めと無視したりはしない、そんなタイプなのです。そこが阮籍や嵆康とは違う許容ですが、それはさらに時代の動向に拘るわけでもなく、信念ある処世を貫くというのでもない、普通の「俗物」なので、方内でも十分自分の流儀を貫いて生きていける人と言われるところでしょうか。

終章

七賢の諸子たち

阮宣子常歩行以百錢挂杖頭至酒店便獨酣暢雖
當世貴盛不肯詣也名士傳曰脩性簡任
山季倫為荊州時出酣暢人為之歌曰山公時一醉
徑造高陽池日莫倒載歸茗艼無所知復能乘駿馬
倒著白接籬舉手問葛彊何如幷州兒高陽池在襄
陽彊是其愛將幷州人也襄陽記曰漢侍中習郁於峴山南依范蠡養
魚法作魚池池邊有高隄種竹及長楸芙蓉菱芡覆水是遊
燕名處也山簡每臨此池未嘗不大醉而還曰此是
我高陽池也襄
陽小兒歌之

[93]

林下諸賢、各有二儁才子一。籍子渾、器量弘曠。康子紹、清遠雅正。濤子簡、疏通高素。咸子瞻、虚夷有二遠志一。瞻弟孚、爽朗多レ所レ遺。秀子純・悌、並令淑有二清流一。戎子万子、有二大成之風一、苗而不レ秀。唯伶子無レ聞。凡此諸子、唯瞻為レ冠。紹・簡亦見レ重二当世一。（賞誉第八・29）

林下の諸賢、各おの儁才の子有り。籍の子の渾は、器量弘曠なり。康の子の紹は、清遠雅正なり。濤の子の簡は、疏通高素なり。咸の子の瞻は、虚夷にして遠志有り。瞻の弟の孚は、爽朗にして遺るる所多し。秀の子の純・悌は、並びに令淑にして清流有り。戎の子の万子は、大成の風有れども、苗にして秀でず。唯だ伶の子のみ聞こゆる無し。凡そ此の諸子は、唯だ瞻を冠と為す。紹・簡も亦た当世に重んぜらる。

○苗而不秀　才能があっても十分発揮できなくて、若死にしてしまう。『論語』子罕篇の、「子曰く、苗にして秀でざる者有り、秀でて実らざる者有り」を踏まえる。

○「賞誉」　篇名。[52]の語釈を参照。

【現代語訳】　竹林の諸賢には、それぞれ俊才の子供たちがいた。阮籍の子の渾は、スケールの大きな器量があり、嵇康の子の紹は俗気がなく上品で正義感が強く、山濤の子の簡は大まかで高純、阮咸の子の瞻は虚心で志高く、瞻の弟の孚はさっぱりとしてものに拘らない人物で、向秀の子の純と悌とはともにうるわしく清らかな性格だった。王戎の子の万子は、将来が期待されるところがあったが、残念ながら、苗のままで若死にしてしまった。ひとり劉伶の子供だけは世に知られていない。おおよそこれらの子供たちのなかでは、阮瞻が一番だが、嵆紹も山簡もまたなかなかの人物で、当時に重んぜられたのである。

【解説】　阮籍の子の渾の人となりについて、劉孝標の注には、『世語』の「清虚にして寡欲。位は太子中庶子に至る」を引いていますが、息子の任誕の気風が目立ち始めると、阮籍自身の口から、自分のようにはなるなと忠告したことは、阮咸の章の[48]で見ました。阮渾には姉か妹がおり、司馬昭がいったんは息子の嫁にと望んだことがあったについては、阮籍の章の[19]に出てきました。

山濤の子の山簡（王戎の章[80]に既出）については、注が虞預『晋書』の「平雅（おだやかで品がある）で父の風がある」を引いていますが、次の[94]のように、父親とも異なる放誕の個性でした。なお、山濤の長子は該（？―？、字は伯倫）、「雅にして器識有り」（方正篇第五・15注所引『晋諸公賛』）と評されていますから、父親譲りは山該の方でしょうか。

嵆紹は父の嵆康が処刑された時には十歳でした。成人してから山濤の推薦を得て西晋に仕えたことについては山濤の章の[70]で見ました。

阮咸の子の阮瞻（？―？）について、注に引く『名士伝』では「字は千里、夷任（きままに振る舞う）にして嗜欲少なし。名も行も修めず、懐に自得し、書を読むも甚だしくは研求せずして、其の要を識る。仕へて太子舎人に至り、年三十にして卒す」と述べています。阮瞻の弟の阮孚は、父親の阮咸が愛した叔母の小間使が産んだ子であることは、阮咸の章の[50]で見ておきました。ここの本文の注に引く『中興書』では人となりについて、「風韻ありて粗誕（おおまかで勝手気まま）、少きより門風（阮一族の任誕の家風）有り。初め安東（将軍の）参軍と為るも、蓬髪（ぼうぼうの髪の毛）にして酒を飲み、王務を以て心に嬰けず」と紹介しています。

向秀の息子は父が亡くなった時、まだ幼かったと向秀の章の[59]にありました。この[93]の注に引く『竹林七賢論』では、兄の純は字を長悌、侍中にまでなったこと、弟の悌は字を叔遜、御史中丞になったことを伝えます（ただし、兄の字が長悌、弟の名が悌で、「悌」の字が重なり、誤りがあるでしょう）。ともに生卒年は分かりませんが、同じく注が引く『晋諸公賛』では「洛陽の敗るるや、純と悌は出奔し、賊の害する所と為る」とあります。ちなみに、匈奴の劉曜によって洛陽が陥落し、西晋最後の皇帝懐帝が北方に連れ去られた、いわゆる永嘉の乱は、永嘉五年（三一一）でした。

まだいとけない愛児が亡くなったときの王戎の過度の落胆については、王戎の章の[80]で問題があると紹介しましたが、ここの本文につけられた注では『晋諸公賛』を引き、「王綏（すい）、字は万子。太尉の掾（えん）（属官）に辟（め）さるるも、就かず、年十九にして卒（しゅっ）す」とします。王万子の死亡原因はどうやら、肥満からくる病であったらしいのです。同じく引く『晋書』（『北堂書鈔』所引の臧栄緒の『晋書』）では、「戎の子の万」は「美号」（高い評判）を得て期待されていたが、とにかく「太（はなは）だ肥え」ていたので、王戎は糠を食べさせたところ、ますます太ったとされています。正史の『晋書』王戎伝によれば、王戎にはそのほか裴頠（はいき）に嫁いだ女（王戎の章の[84]・[92]に既出）と、庶子（妾が産んだ子）の興（きょう）とがいました。

劉伶の子について伝わらないのは、劉伶の個性からして似つかわしくも思えてきます。

なお本文で、諸子のうち、阮瞻と嵆紹・山簡とが特に当時に重んぜられた、と結論しています。阮瞻と山簡は任誕の気風をしっかり受け継ぎました。一方、反逆罪で刑死した嵆康と違い嵆紹は忠義の殉死という結末でしたが、義の対象は異なるも、嵆康の子らしく自己の信じる義を一貫したところを評価されたのでしょう。

[94] 山季倫為二荊州一、時出酣暢。人為レ之歌曰、「山公時一酔、径造二高陽池一。日莫倒

○荊州　襄陽（湖北省）を中心とした州。山簡は、この地の刺史であった。

載帰、茗艼無所知。復能乗駿馬、倒箸白接䍦。挙手問葛彊、何如并州児。」高陽池在襄陽、彊是其愛将、并州児也。

（任誕第二三・19）

山季倫は荆州為りしに、時に出でて酣暢す。人之が為に歌ひて曰く、「山公は時に一酔し、径ちに高陽池に造る。日莫れて倒載して帰り、茗艼して知る所無し。復た能く駿馬に乗りて、倒しまに白接䍦を箸け、手を挙げて葛彊に問ふ、『并州の児と何如』と。」高陽池は襄陽に在り、彊は是れ其の愛将にして、并州の児なり。

○倒載　帰る車のなかで倒れ込んでいる。一説に、馬に前後を逆にして乗っている。

○茗艼　「酩酊」と同じ。

○倒箸白接䍦　帽子を逆さまにかぶっている。「白接䍦」は、白鷺のきれいな羽をつけたおしゃれな頭巾をいう。

○并州児　并州（山西省）の男たちは騎馬を得意としたと、よく知られていた。

【現代語訳】　山季倫（山簡）は荆州刺史だった時、しょっちゅう外に出かけて行っては存分に酒を飲んで楽しんだ。地元の民はこのため次のような歌をうたったものだった、「山どのはいつも酔うと、まっすぐ高陽池にやってきた。日暮れまで楽しんでは酔って車の中で倒れ込んで帰り、まったく酩酊していて覚えていなかった。またあるときには駿馬に乗ることができると、（得意然として）白鷺の羽を挿した頭巾を逆さにかぶり、手を上げて葛彊に尋ねたものだった、『并州の男と比べてどうだい』と。」（ここでいう）高陽池は襄陽郊外にあり、葛彊なる人物はかわいがっていた武将で、并州出身の男であった。

【解説】　山簡は荊州刺史として赴任していましたが、当地の民たちに見事にからかわれたり、はやし立てられたりしていたのが、彼の酔態でした。高陽池とは、前漢の高陽（河南省）出身酈食其（れきいき）が儒家嫌いの高祖に面会したとき、「吾は高陽の酒徒、儒人に非（あら）ず」と言ってのけた故事（『史記』酈食其伝）に重ねて、山簡が遊んだ習家池のことを呼んだものです。

注が引く『襄陽記』によると次のように書かれています。後漢の習育が襄陽郊外の峴山（けんざん）の近くに、春秋の范蠡（はんれい）の養魚法によって魚池を作った、「池の辺には高い堤が有り、竹及び楸（ひさぎ）を植え、芙蓉・菱（ひし）・芡（けん）水を覆ふ、是（こ）れ遊燕（宴に同じ）の名処なり。」山簡はいつも大酔しては、「此（こ）れは是（こ）れ我が高陽池なり」と言った、と。なお、本文に見えるはやし立てられた歌は五言八句で、池・知・籬・児が韻を踏んでいます。

また唐代になって、襄陽の郷里で気ままに過ごしていた畏敬する詩人の孟浩然を、李白が訪ねたことがあります。そのときのことを思い出したのでしょう、李白は、「襄陽曲」四首・其の四の絶句で、政務に精を出す高官ではない、山公（山簡）への手放しの共感を歌っています。

且酔習家池、莫看堕涙碑　／　山公欲上馬、笑殺襄陽児

且（しばら）くは酔はん 習家池に、看る莫（な）かれ 堕涙碑（だるいひ）を
山公 馬に上らんと欲すれば、笑殺す 襄陽の児

地元の民に慕われた長官羊祜（ようこ）の堕涙碑など見なくていいのだ。ともかくは習家池で酒に酔うとしよう。そこではかつて泥酔した山公が馬に乗ろうとすると、襄陽の子供たちがそのさまにならない姿に笑い転げたものだ。

［95］

山遐之為二東陽一、風政厳苛、多任二刑殺一、郡内苦レ之。惇隠二東陽一、以二仁恕一懐レ物、遐感二其徳一、為微二-損威猛一。

○山遐　（？－？）字は彦林。山濤の孫、山簡の子。
○東陽太守　東晋の東陽郡（浙江省）の長官。

山遐の東陽と為るに、風政は厳苛にして、多く刑殺を任とすれば、郡内は之に苦しむ。惇は東陽に隠するに、仁恕を以て物を懐へば、遐は其の徳に感じて、為に威猛を微損す。

（政事第三・21注所引江惇伝）

○風政厳苛　政治方針が厳格で苛酷。

○『江惇伝』　不詳。隠者の江惇（三〇五－三五三）、字は思悛。

【現代語訳】　山遐が東陽太守となったとき、その政治のやり方はとても厳格で、懲罰と処刑が頻繁に実施され、そのため郡内の人たちはとても苦しんだ。（そこへ）江惇が東陽のまちに隠居するようになると、彼は愛と思いやり精神をもって民たちに接した。（その姿をみた山遐は）彼の人徳に感じ入り、そのため苛酷なやり方を少しだけ減ずるようになったのだった。

【解説】　政事篇の本文では、東晋の山遐が東陽太守を辞めた後、後任を求めた王濛（三〇九？－三四七？）が、前任の山遐は猛政を敢行したから、自分は「和解を以て治を致すべし」と云った、という内容で、山遐は祖父の山濤や父の山簡の直系とは思えないほどの猛政を行ったのでした。

その注に引かれた『江惇伝』がこの[95]の文ですが、たしかに彼は太守となって厳刑を用いて民を苦しめたが、あるとき「仁恕」をもって民に接する隠者の人徳に感化され、「威猛を微損」したことを伝えています。ただし、それはあくまでも「微損」で、おおむねは厳しいやり方を曲げない長官として存在した事実には変わりがなく、寛治に対する猛政の政治姿勢を貫いたのです。ここから、山濤が見識でもってした中央での有能な政界人だったこと、山簡は明らかに政事篇には載せられることは無い政界人であったことを対置すれば、山遐との差が極端であることが分かり、なかなかに複雑で面白い家系です。

［96］魏末、阮籍嗜酒荒放、露頭散髪、裸袒箕踞。其後、貴游子弟阮瞻・王澄・謝鯤・胡毋輔之之徒、皆祖述於籍、謂得大道之本、故去巾幘、脱衣服、露醜悪、同禽獣。甚者名之為通、次者名之為達也。（徳行第一・23注所引王隠晋書）

魏末、阮籍は酒を嗜み荒放、頭を露して髪を散じ、裸袒して箕踞す。其の後、貴游子弟の阮瞻・王澄・謝鯤・胡毋輔之の徒は、皆籍を祖述し、大道の本を得たりと謂ひ、故らに巾幘を去り、衣服を脱ぎ、醜悪を露にし、禽獣と同じくす。甚しき者は之を名づけて通と為し、次なる者は之を名づけて達と為すなり。

○露頭散髪　何もかぶらず頭を露出して、ボサボサの髪でいること
○裸袒箕踞　裸になってあぐらをかくこと。
○王澄（二五九－三一二）字は平子。王戎の従弟、王衍の弟。西晋の荊州刺史。
○謝鯤（?－?）字は幼輿。謝安の伯父。東晋の豫章太守。
○胡毋輔之（?－?）字は彦国。東晋の湘州刺史。
○祖述　手本として模倣すること。
○巾幘　頭巾。

【現代語訳】　魏末に、阮籍は酒を嗜んではやりたい放題で、（いつも人前にもかかわらず）頭巾を脱いでざんばら髪、上半身裸で肩を出しては足を組んで座っていた。その後、貴顕の子弟の阮瞻・王澄・謝鯤・胡毋輔之などの輩は、皆がみな阮籍の真似をして、自分では大道の大本を自得したと思い込み、ことさらに頭巾を脱ぎ捨て、着ている

ものまで脱ぎ、醜悪極まりない姿をさらし、禽獣同然であった。（それでいながら）その行為の最も甚だしい者を「通」と名づけ、それに次ぐ者を「達」と名づけては、評したりした（時代だった）のである。

【解説】 西晋の後半期になると、阮籍たちの大道を受け継ぐとして、阮籍たちの任達の振る舞いをひたすら模倣する者たちが輩出し、それが時代思潮となって顕彰される時代がやってきたのです。所謂阮籍亜流者たちですが、しかし阮籍たちがもっていた反抗精神は明らかに薄弱で、八王の乱が起こったときには、いずれも朝廷で重要な地位を占めながら施政をしっかりと担うことができず、曠達（こうたつ）を風流として、清談に明け暮れしていました。まもなく西晋が滅亡し、南に亡命して成立した東晋の時代がくると、彼らの責任を糾弾する「清談亡国論」が議論されるようになりました。その一つが本文の、徳行篇の注が引く東晋の王隠の文章です。

［97］

祖士少好レ財、阮遥集好レ屐。並恒自経営。同是一累、而未レ判二其得失一。人有レ詣レ祖、見三料-二視財物一。客至、屏当未レ尽、余二両小簏一、著二背後一、傾レ身障レ之、意未レ能レ平。或有レ詣レ阮。見二自吹レ火蠟一レ屐。因歎曰、「未レ知一生当著二幾量屐一。」神色閑暢。於レ是勝負始分。（雅量第六・15）

○祖士少　祖約（？―三二九）、字は士少。東晋の豫（よ）州刺史。
○屐　木つくりの下駄。木履（ぼくり）。
○屏当　かたづける。
○小簏　小箱。
○吹火蠟屐　火をおこして、蠟を塗って下駄を磨く。
○未知…当　いったい…であるかしら。「未知」は、祖士少は財を好み、阮遥集は屐を好む。並びに恒に自ら経営す。同じく是れ一累にして、未だ其の得失を判たず。人 祖に詣る有るに、財物を料視するを見る。客の至るに、屏当すること未だ尽きず、両つの小簏を余して、背後に箸け、身を傾けて之を障るも、意は未だ平らかなること能はず。或ひと阮に詣る有り。自ら火を吹きて屐を蠟するを見る。因りて歎じて曰はく、「未だ知らず 一生に当た幾量の屐を箸くるやを」と。神色閑暢たり。是に於いて勝負 始めて分る。

疑問を表す。「当」は、[91]の語釈を参照。
○神色閑暢　平然としたまま、ゆったりとした表情をしていること。

【現代語訳】　祖士少（祖約）はお金好きで、阮遥集（阮孚）は屐好きだった。ともに二人はいつもそれに精を出していた。（その性癖は）同じく困ったものだったが、世間での優劣の評価は定まっていなかった。ある人が祖士少を訪ねてきたとき、祖士少はお金の計算をしていたところだった。祖士少は客人が来たものだから、お金をかたづけようとしたがかたづけきれず、残った二箱を背後に置き、体を斜めにして隠したが、（見つかってしまったのではないかと）心中穏やかでなかった。（一方）阮遥集のところにある人が訪ねてきたとき、阮遥集は（いままさに）自分で火をおこして下駄に蠟をぬっている最中だった。（やってきた客人を見ても手を休めないで続けながら、）ため息をついて言った、「一生のうちにいったい何足の下駄を履くことができるだろうか」と。そのときの表情はいかにもゆったりとしたものであった。そこで二人の（雅量の）優劣ははっきりと決まったのである。

【解説】　奇癖の趣味にひたすらのめり込む行為は、軽蔑の対象かというと、そうでもないところが『世説新語』の時代の微妙な評価です。なぜなら、この文章は雅量篇に載せられ、なかなかおおらかで風流な所のある話の一つとして取り上げられているのですから。財を好む祖約と対照させて、阮孚（字は遥集）の下駄フェチを話題にする、この対照がそもそも釣り合うかどうか、それ自体からして奇妙です。反俗ということでなら、はじめから「好財」の負けです。かといってやはり「好屐」も変人とみなされ、よい印象をもって受け入れられなさそうです。それでも世間の評価が「好屐」の阮遥集の趣味に軍配をあげたのは、その悠揚迫らず執着する下駄フェチぶりに目を見張るものがあったからでした。雅量篇に収められているということは、他人や世間の非難や冷笑のまなざしにも一向に左右されないで、自分の趣味や価値観に徹底する生き方を、乙な生き方をしているとして雅量と認めたのでしょう。かと言って、父親阮咸のあっぱれな自由人の血を引く大らかさに通じると言えるかどうかは怪しいもので、竹林の子孫だから露悪的な生を演出したのだろうと解釈するのもこじつけの感は免れず、今ひとつ説得力がありません。ともかく偏奇であってもそれが阮孚が執着する趣味というものであり、それは人が生きてあることの価値観に関わるものだとして、『世説新語』はそこに阮孚の存在と個性を認めたのです。

なお、本文の注には『晋陽秋』の、「少(わか)きより智調有るも、儁(しゅん)異(い)無し」(知恵はあったが、特別に俊才というほどではなかった)とする阮孚評を紹介しています。

[98]

阮宣子有令聞。太尉王夷甫見而問曰、「老荘与聖教同異。」対曰、「将無同。」太尉善其言、辟之為掾。世謂三語掾。衛玠嘲之曰、「一言可辟、何仮於三。」宣子曰、「苟是天下人望、亦可無言而辟、復何仮一。」遂相与為友。(文学四・18)

○阮脩 (?-?) 字は宣子。阮籍の従子(一族のいとこ)。西晋の太子洗馬。
○王夷甫 [72]の語釈を参照。
○聖教 聖人(孔子)の教え。儒学をいう。
○将無同 さあ…ではないだろうか。物事を婉曲に言う、当時の口語。

阮宣子は令聞有り。太尉の王夷甫は見て問ひて曰はく、「老荘と聖教とは同じきや異なるや」と。対へて曰はく、「将た同じきこと無からんや」と。太尉は其の言を善しとし、之を辟して掾と為す。世に三語掾と謂はる。衛玠は之を嘲りて曰はく、「一言にして辟さるべし、何ぞ三を仮りんや」と。宣子 曰はく、「苟くも是れ天下に人望あらば、亦た言無くして辟さるべし、復た何ぞ一を仮らん」と。遂くて相与に友と為す。

○衛玠（二八六－三一二）字は叔宝。彼の後妻は、山簡の娘。西晋の太子洗馬。

【現代語訳】 阮宣子（阮脩）は令名があった。太尉の王夷甫（王衍）は彼と会って尋ねて言った、「老荘の教えと孔子の教えとは、同じだろうか異なるだろうか」と。阮宣子は「将無同（まあ、同じではないでしょうか）」と答えた。太尉はその三字の答えかたが気に入り、彼を採用して自分の役所の属吏とした。それで世間では彼のことを、「三語の掾」と言った。すると衛玠がこれを嘲って、「一言で採用されるものを、どうして三語も必要あるだろうか」と言った。それを聞いた阮宣子は、「かりにも天下に人望ある人ならば、また無言でも採用されるはずですよ、一言も必要無いですよね」と言った。（このようなやりとりがあって）そうして二人は親友となったのである。

【解説】 竹林の七賢の清談は老荘的な自由を議論し、礼教の社会構造をその大本に戻って疑うものでしたが、西晋から東晋にかけて流行した清談は、それとは質を異にし、よく言えば形而上的、悪く言えば頭でっかちにすぎない議論を楽しんだのでした。議論の大きな柱の一つが、老荘と儒家の違いはどこにあるか、両者の思想と処世観をめぐって関心のあるところでした。盛んだった「虚無論」に対する裴頠の「崇有論」、「言不尽意論」（言は意を尽くさざる論）に対する欧陽建「言尽意論」などの熱い議論が行われていました。「論」である限り、どのように説得力のある整合性の論であるかを問うのは言うまでもありません。それと同時に言語的センスが問われた時代でしたから、その先端をゆく議論となっていた老荘がよいか儒教がすぐれるかの議論の末端に、本文の例のような、機知に富んだ応答ぶりが、好まれもし、鋭利なことばとそれを発する人の奥深さとが、一目置かれて評価されたのです。

本文は、両者の違いを問われた阮脩が「将無同（jiāng wú tóng）」の三字でその不可知の深奥を言い切って太尉の属吏となったことを伝える挿話です。哲学への興味と同時に、その奥深さをたくさんの言辞を以て解き明かそうとすればするほど、複雑にならざるを得ず、遠ざかるばかり、その奥深さを見事に簡潔に言い切る、その言語的センスが光って、政界の大物にして清談の大家の王衍の貴族趣味にピタッとマッチしたのです。「将無同」は直訳すれば、「はてさてどうだろうか、まあ同じではないでしょうか」であって、「将無」は当時に頻用された口語で、同じとも言えるが、違うとも言えるし、と曖昧なままに言ったのですから、ことば自体はたいした深みがあるわけでなく、答えにならない答えなのです。ただ、そこが「不知」（分かりません）、とは違い、微妙なままに言い置いたところが太尉王衍の言語感覚の好みに合ったというわけです。それは同時に王衍の人生態度と価値観にも合い、観念を振り回しては独りよがりの連中に常日頃うんざりとしていたにちがいなく、阮脩の評判に興味を持った王衍が彼を面接した意図であったかもしれません。その三字のセンスの良さで即決、阮脩は役人としての力量と才能を買われて抜擢されたのです。さらにそれを、それじゃあ「同」の一字でもいいではないか、と揶揄した衛玠の発言に対して気の利いた切り返しをして、その理屈で言えば何も言わなくても人柄や力量があれば採用されるね、と言って、二人は大いに笑い、すぐに友達になった、とありますから、そのような貴族サロンの楽しみがよく伝わります。

なおこのやりとりは、『晋書』阮瞻伝では、王戎が三語で答えた阮瞻を属吏にしたから、阮瞻は世間で三語掾と呼ばれた話となっています。

［99］阮宣子常歩行、以百銭挂杖頭、至酒店、便独酣暢。雖当世貴盛、不肯詣也。（任誕第二三・18）

阮宣子は常に歩行するに、百銭を以て杖頭（ぢやうとう）に挂（か）け、酒店に至れば、便（すなは）ち独り酣暢（かんちやう）す。当世の貴盛と雖も、肯（あ）へて詣（いた）らざるなり。

○酣暢　酒を楽しんで飲み、のびやかな気分になる。
○不肯　自分からは…しない。

【現代語訳】　阮宣子（阮脩）はいつも出かける際には、杖の先に百銭をかけ、酒店に着くやいなや、すぐに一人で酒を飲んではいい気分になって楽しんだ。（そういう彼であったから、外出先として）当時の権勢をふるっていたお偉方であっても、自分からあえて訪問するようなことはしなかった。

【解説】　太尉の属吏となった阮脩はどのような役人生活を送ったのか、それほど興味がわかないのは、ほぼ役人としての力量と意欲が想像できるからです。本文は、それを思わせるに十分な、阮脩の酒興についてのエピソードです。注が引く『名士伝』には「阮脩の性は簡任（細かなことにこだわらず、自分の思うように事をなし、気まま）なり」と簡潔に評しています。放浪者のごとく、しかし飲み代はこんなにあるよとPRして、今日も酒屋に入っていく。その名物貴族を眺めているまわりの民たちの表情までリアルにイメージされるほほえましいところが、この人物のもっている不思議な面白さです。なお、それでいて彼は方正篇・21では社の樹木を切っても祟りなどないと説得したり、同じく22では、人が死んでもその霊はあるとする人に対しては、鬼神（死者の霊）など存在しないとしたり、合理精神の持ち主でもありました。

［100］

紹字延祖、譙国銍人。父康有奇才儁弁。紹十歳而孤、事母孝謹。累遷散騎常侍。恵帝敗於蕩陰、百官左右皆奔散、唯紹儼然端冕、以身衛帝。兵交御輦、飛箭雨集、遂以見害也。（徳行第一・43注所引王隠晋書）

紹（せう）字は延祖、譙国（せう）・銍（ちつ）の人。父の康は奇才にして儁弁（しゆんべん）有り。紹は十歳にして孤（こ）、母に事（つか）へて孝もて謹めり。散騎常侍に累遷す。恵帝 蕩陰（たういん）に敗るるや、百官と左右 皆 奔散するも、唯（た）だ紹のみ儼然（げんぜん）として冕（べん）を端（ただ）し、身を以て帝を衛（まも）る。兵は御輦（ぎよれん）に交はり、飛箭（ひせん）雨のごとく集まり、遂（か）くて以て害せらるるなり。

○孤　父親に早く死に別れることを「孤」という。ちなみに、親が我が子に先立たれることを「独」という。
○恵帝　西晋第二代皇帝、司馬衷（ちゆう）（二五九－三〇六。在位二九〇－三〇六）、字は正度。
○蕩陰　河内郡蕩陰県（河南省）。
○儼然　厳格に身繕いすること。
○端冕　衣冠をきちんと整えること。
○御輦　天子の乗った車。

【現代語訳】　嵆紹は字を延祖といい、譙国の銍の人である。父の嵆康は、きわめて犀利な才能の持ち主で弁も立った。嵆紹が十歳のとき父親が（罪を得て公開処刑になって）亡くなり、以後母親に仕えて孝行者であった。（やがて出仕し）散騎常侍に累遷した。恵帝が蕩陰で敗北すると、百官や左右の護衛兵も皆散りぢりになって逃げたが、ただ嵆紹一人はきちんと冕を整え、自分の身を投げ出して恵帝を守った。敵の刃が天子の御車に乱れ、箭（や）が雨のように集中して飛んできて、そうして嵆紹は殺されたのである。

【解説】　嵆康が都洛陽の東市で公開処刑されたとき、嵆紹は十歳でした。その息子に獄中で書き記したに違いない「家誡」の文章では、絶対権力の下、百鬼が横行する官界での処世術を細かに書き記していたのですが、嵆康は不条理な死を前にして息子に、官界には入るな、政事に関わるなとは一切言わず、何かあったら山濤を頼りにするようにと言い残します。成人してからその山濤の推薦で、父の宿敵の晋朝を支える一員となった嵆紹は、本文にあるように、内乱のさなか、恵帝の文字通りの盾になって殉死するのでした。王朝交代に徹底的に抵抗した嵆康、その息子が身を投げ出して恵帝の代わりに箭を承け、西晋王朝への忠義を死を以て尽くしたのです。なんと皮肉なことだったでしょう。しかしその事実を直接性から離れて理屈づければ、ともに自己の生を妥協せずに生と死を貫いた、その精神と自己の律し方において通底するものがあったと言えるのかも知れません。少なくとも嵆康自身は、自分には自分の、他者には他者の考えと生がある、とする信条が終始体に染みついていた人ですから、西晋の忠臣として死んだ息子は息子として義を貫いた、と草葉の陰で見ていたのではないか、と思わないでもありません。誤解があってはなりませんが、嵆康はそのような相対的価値観をたしかに持っていて、そうであるからこそ、自己を自己として、他に左右されない絶対的精神を自己に求め続けた人であったのです。

［101］

紹以㆓天子蒙㆒塵、承㆑詔馳㆓詣行在所㆒。値㆔
王師敗㆓-績于蕩陰㆒、百官及侍衛莫㆑不㆓
散潰㆒。唯紹儼然端㆑冕、以㆑身捍衛、兵交㆓

○蒙塵　塵を頭にかぶる意から転じて、天子が避難して、都を離れることをいう。

御輦、飛箭雨集、紹遂被害於帝側、血濺御服、天子深哀歎之。及事定、御輦左右欲浣衣、帝曰、「此嵆侍中血、勿去。」

（晋書巻八九忠義伝）

紹は天子の蒙塵（もうぢん）するを以て、詔（みことのり）を承（う）けんと馳せて行在所（あんざいしよ）に詣（いた）る。王師の蕩陰に敗績するに値（あ）ふや、百官及び侍衛は散潰（さんくわい）せざる莫（な）し。唯（た）だ紹のみ儼然（げんぜん）として冕（べん）を端（ただ）し、身を以て捍（ふせ）ぎ衛（まも）るに、兵は御輦（ぎよれん）に交はり、飛箭雨のごとく集り、紹は遂（か）くて害を帝の側に被むる。血は御服に濺（そそ）げば、天子は深く之を哀歎す。事の定まるに及びて、御輦の左右は衣を浣（あら）はんと欲するも、帝は「此（こ）れ嵆侍中の血なり、去ること勿（な）かれ」と曰ふ。

○王師　朝廷の軍隊。
○敗績　戦に大敗する。
○冕　天子の冠。
○捍衛　敵から防ぎまもる。
○浣衣　着物を洗う。
○嵆侍中　嵆紹はこのとき、侍中（天子の側近の官）であった。

【現代語訳】

嵆紹は天子が難を避けて都を離れたので、詔を受けんと行在所に馳せ参じた。そのときまさに官軍が蕩陰で大敗したばかりの時で、百官や護衛の兵のことごとくが逃げ出さない者がなく、ただ嵆紹だけがいかめしく衣冠を正し、身を以て天子を防ぎ守った。敵の刃が天子の御車に乱れ、多くの矢が雨のように飛んできて、かくて嵆紹は帝の側で被害に遭い、その血は天子の服に注ぎ、天子は深く悲しみに沈んだ。事が収まると、御車の左右の家来が天子の服を洗おうとしたが、恵帝は、「これは嵆侍中の血だ。洗い流してはならぬ」と言ったのだった。

【解説】［100］の具体的な場面が正史の『晋書』忠義伝に描写されています。西晋末の三〇四年、内乱状態でわずかな身辺警護の兵士と百官とで、都を逃げ出した恵帝でしたが、いよいよ窮地、そばに残るは嵆紹一人、追い詰められた恵帝の代わりに箭を承けた最期が描かれます。嵆紹の血で染まる恵帝の御服に壮絶の極みが生々しく伝わります。難を逃れた恵帝が左右の者に言い置く言葉に、忠義の典型が示されているのですが、それにしてもなぜに嵆紹はこのようなまでに忠義を尽くせるのか、嵆康が呂安弁護の法廷に出て行ったとき、死を覚悟しながら友情を選択したのに対して、晋朝に忠義をつくす嵆紹の義は、やはり嵆康の義とは同質とは思えないのが、筆者の率直な感想です。それは古代と近代の価値観の違い、とも言い切れないものがあり、もう少し普遍的な躊躇する問題をもっているのではないかと思います。とすれば草葉の陰の嵆康はどんな思いで血染めの御服を想い見るのでしょうか。

〔主要参考文献〕

余嘉錫『世説新語箋疏』 中華書局出版 一九八三年
徐震堮『世説新語校箋』上下 中華書局出版 一九八四年
何啓民『竹林七賢研究』 台湾学生書局 一九八〇年
目加田誠訳『世説新語』上中下（本文と注の訳） 明治書院 一九七五～七八年
井波律子訳注『世説新語』1～5 平凡社東洋文庫 二〇一三・一四年
今鷹真ほか訳『三国志Ⅰ・Ⅱ・Ⅲ』 筑摩書房 一九七七・八二・八九年
後藤基巳『ある抵抗の姿勢―竹林の七賢―』 新人物往来社 一九七三年
鈴木修次「竹林の七賢」上中下・続・続下 『東書国語』一三〇・二・四・六・八号 東京書籍 一九七四・七五年
林田愼之助『人間三国志6 竹林の七賢』 集英社 一九九〇年
吉川忠夫『風呂で読む 竹林の七賢』 世界思想社 一九九六年
吉川忠夫『魏晋清談集』 講談社 一九八六年
井波律子『中国人の機知―『世説新語』を中心として』 中公新書 一九八三年（副題を「『世説新語』の世界」とかえ、講談社学術文庫 二〇〇九年）
西順藏『中国思想論集』 岩波書店 一九六九年
福永光司『魏晋思想史研究』 岩波書店 二〇〇五年
松本幸男『阮籍の生涯と詠懐詩』 木耳社 一九七七年
吉川幸次郎『阮籍の「詠懐詩」について』 岩波文庫 一九八一年
大上正美『阮籍・嵆康の文学』 創文社 二〇〇〇年
大上正美『言志と縁情―私の中国古典文学―』 創文社 二〇〇四年
竹内好訳『魯迅評論集』 岩波新書 一九五三年（岩波文庫 一九八一年）

興膳宏編『六朝詩人伝』大修館書店　二〇〇〇年
金文京『三国志の世界』講談社　二〇〇五年
渡邉義浩『三国志事典』大修館書店　二〇一七年
渡邉義浩『西晋「儒教国家」と貴族制』汲古書院　二〇一〇年
渡邉義浩『「古典中国」における小説と儒教』汲古書院　二〇一七年
福原啓郎『西晋の武帝　司馬炎』白帝社　一九九五年
花田清輝『随筆三国志』レグルス文庫（新書版）一九七二年

あとがき

『唐詩の抒情』を刊行した後、次は本書をと約しておきながら、六年も経ってしまいました。わたしの研究は阮籍・嵆康の作品が時代情況と言動からどのように自立した表現になっていくか、作品化する方法と表現にこそ彼らの思想を認め、そこに文学することの価値を問うといったところにあります。ですから、現実と作品との短絡的な関係を峻拒する立場をとってきました。それでも（それゆえにこそ逆に）彼らの言動を叙述した『世説新語』を今まで繰り返し読み直してきたはずなのに、どうしてこんなに時間が経ってしまったのだろうという思いが率直なところです。あえていえば、事実らしきものの周辺を行き来しながら、ああだろうかこうだろうか、ああでもないこうでもない、と思いをめぐらすことの繰り返しがそもそも二次資料を読むことの逃れられない時間なのでしょう。そのことが『世説新語』が抱えている価値認識の一端につながれば良いのですが。その意味でこの度はこのように読んでみました、というささやかな報告でもあります。

なお、七賢各章の扉の絵は、『六朝芸術』（文物出版社刊、一九八一年）所収の「南京西善橋南朝墓磚画」から、三姉白藤智子に模写してもらったペン画を使用しました。誰もが圧倒される七賢の豪放で孤高、骨太なイメージに加えて、わたしは彼らの繊細で柔和な内面も見逃したくないので、この筆致が気に入っています。また、小島朋子さん、李満紅さん、仁科和子さんには校正で助力いただきました。あわせて感謝いたします。

二〇一九年二月　　筆　者

「竹林の七賢」関連略年表

王朝	皇帝	西暦	年号	大事紀	竹林の七賢	その他
後漢	献帝	200	建安五	一〇月、曹操、官渡の戦で袁紹を破る。		
		205	一〇		山濤、生。	
		208	一三	八月、孔融、死刑。一〇月、曹操は、赤壁の戦で、呉の周瑜に大敗。		
		210	一五		阮籍、生。	
		212	一七		阮籍の父阮瑀、病死。	
		213	一八	五月、曹操は魏公に。		
		216	二一	五月、曹操は魏王に。		
		217	二二	王粲・劉楨・陳琳・徐幹・応瑒、死去。		
		220	二五	正月、曹操薨去（一五五－）。曹丕が魏王に。二月、延康と改元。		
魏	文帝		黄初元	一〇月、曹丕は献帝より禅譲され、即位（①文帝）して、魏王朝を開く。		後漢、滅ぶ。
		223	四		嵆康、生。	※221（章武元）年、劉備は蜀漢の帝位に即き、蜀漢王朝成立。222（黄武元）年、孫権は呉王と自称し、改元。のち229年に帝位に即き（大帝）、呉王朝成立。
	明帝	226	七	五月、文帝曹丕（一八七－）崩御。曹叡（②明帝）即位。		
		227	太和元	改元。		
		232	六	十一月、曹植、死去。		
		234	青龍二	五丈原の戦い。司馬懿の声望高まる。	王戎、生。	蜀の丞相諸葛亮（一八一－）、五丈原にて死亡。蜀の北伐の終了。

皇帝	西暦	年号	政治	竹林の七賢	その他
斉王芳	239	景初三	正月、明帝曹叡（二〇五－）崩御。八歳の曹芳（③斉王芳）が即位。曹爽と司馬懿が輔政。以後両者の権力争い。		卑弥呼、親魏倭王に封ぜられる。
	240	正始元	改元。	阮籍、大尉の蔣済の幕下に招かれるも、辞退。	正始の清談の流行。
	242	三		山濤、郷里の郡吏となる。	
	244	五		山濤、河南従事を辞任する。このころ嵆康は、長楽亭主と結婚し、中散大夫。	
	247	八	三月、曹爽が専政。司馬懿は病と称して、政事に与らず。	阮籍は一時、曹爽の参軍に就くも、すぐに辞任。	
	249	一〇	正月、司馬懿は、曹爽ら一党を誅殺。正始の政変（高平陵の政変）。	阮籍は司馬懿の従事中郎となり、以後司馬氏体制に組みこまれる。嵆康は中散大夫を辞し、以後、任官せず、河内郡山陽と都に滞在。	
		嘉平元	四月、改元。		
	251	三	五月、王淩と令狐愚が楚王曹彪を擁立しようとしたが失敗し、自殺する。七月、司馬懿（一七九－）死去。翌年正月、司馬師が大将軍となる。	阮籍、大将軍司馬師の従事中郎。	
	254	六	二月、司馬師は反対派の李豊・夏侯玄らを誅殺。		
高貴郷公		正元元	九月、斉王芳は廃せられ、斉に帰藩（－二七四）。一四歳の④高貴郷公曹髦、即位。	阮籍は関内侯に封ぜられ、散騎常侍にうつる。	
	255	二	正月、寿春で毌丘倹・文欽の乱、司馬師が討伐。閏正月司馬師（二〇八－）、病没。二月、司馬昭が大将軍を嗣ぐ。	山濤は驃騎将軍王昶の従事中郎。一説に、嵆康は毌丘倹に加担することを山濤に相談して止められる。	
	256	三	四月、高貴郷公は太学で管蔡の事を博士に下問する。	嵆康は「管蔡論」を執筆する。	

		甘露元	六月、改元。		
257		二	四月、諸葛誕、淮南で反す。七月、司馬昭は、高貴郷公を連れて征討。		
258		三	二月、司馬昭、諸葛誕を殺す。五月、司馬昭に、相国となし、晋公に封じ、九錫を加える詔が出るも、司馬昭は辞退（第一回）。		
260		五	四月、第二回詔命が下るも、辞退。五月、高貴郷公（二四一－）は司馬昭に抵抗して討って出るも、賈充の命を受けた成済に殺される。		
	元帝	景元元	六月、一六歳の常道郷公曹奐が即位（⑤元帝）。改元。第三回詔命が下るも、辞退。	吏部郎の山濤は、嵇康を後任に推挙しようとして嵇康に絶交される。「与山巨源絶交書」。	
261		二	八月、第四回詔命下るも、辞退。このとき鄭沖をはじめとした百官が司馬昭に受命を勧進する。	阮籍は鄭沖のために勧進文を代作させられる。「与鄭沖勧晋王（公の誤り）牋」。	
262		景元三		嵇康は呂安事件に連座して、投獄。「幽憤詩」。太学生の助命運動があるも、洛陽の東市で公開処刑される（四十歳）。ほどなく向秀は郷里の河内の会計吏となり、上京して司馬昭と会う。帰途「思旧賦」を書く。	
263		四	二月、第五回詔命が下るも、辞退。八月、鍾会・鄧艾を派遣して、一一月、蜀漢を滅ぼす。第六回詔命が下り、司馬昭は晋公となる。	山濤、司馬昭の従事中郎。 阮籍、冬、病没す（五十三歳）。	蜀漢、滅ぶ。

王朝	皇帝	西暦	年号	事項	七賢関連	その他
		264	五	正月、鍾会は鄧艾を譖してから蜀で自立するも、すぐに殺される。三月、司馬昭は晋王となる。五月、改元。	司馬昭は長安に向かうとき、鄴の後事を山濤に任す。	
			咸熙元			
		265	二	八月、司馬昭（二一一－）薨去し、司馬炎が晋王を嗣ぐ。		
晋（西晋）	武帝		泰始元	一二月、司馬炎は、元帝から禅譲され、晋朝（西晋）を開く（①武帝）。曹奐は陳留王に封ぜらる。（－三〇二）。	劉伶、無為の化を対策するも、相手にされず。	魏王朝滅ぶ。
		274	一〇		山濤、吏部尚書に任じられ、この間阮咸や嵆紹を推挙する。	
		280	咸寧六	三月、呉の孫晧を降伏させ、呉を平定する。	建威将軍王戎も呉を伐つ。	呉滅び、西晋の天下統一なる。
			太康元	四月、改元。	太康中に阮咸、始平太守となる。	
		283	四		前年、司徒を拝したが、病のために退いていた山濤、正月死去す（七十九歳）。	
		284	五			一説に、この年陳寿（二三三－二九七）は『三国志』を完成。
		290	太熙元	四月、①武帝司馬炎、崩御。		
	恵帝		永熙元	②恵帝司馬衷、即位。		
		297	元康七		九月、王戎、司徒。	
		301	永康二	正月、趙王倫、恵帝を廃し皇帝を自称。		
			永寧元	四月、趙王倫は誅に伏し、恵帝復位。八王の乱はじまる。		
		304	永興元		嵆紹、恵帝を守り、箭をうけて死去。	
		305	二		二月、王戎、死去（七十二歳）。	
		306	光熙元	二月、恵帝（二五九－）、毒殺される。③懐帝司馬熾、即位。		

王朝	皇帝	西暦	年号	事項	七賢	備考
	懐帝	312	永嘉六		山簡、死去。	この頃、西晋末の北方は、匈奴軍に席捲される。永嘉の乱とよぶ。
		313	七	二月、懐帝が平陽で、前趙の劉聡に殺される。		
	愍帝		建興元	四月、長安で④愍帝司馬鄴、即位。		
		317	五	十二月、愍帝が平陽で、劉曜に殺される。		西晋、滅ぶ。
東晋	元帝	318	太興元	三月、琅邪王司馬叡が建康で即位（①元帝）。		東晋、はじまる。

著者略歴

大上正美（おおがみまさみ）

1944年　鳥取県生まれ，神戸市出身
1972年　東京教育大学大学院文学研究科修士課程修了
現　在　青山学院大学名誉教授
　　　　博士（文学・京都大学）
主　著　『中国古典詩聚花 思索と詠懐』（小学館，1985年）
　　　　『阮籍・嵆康の文学』（創文社，2000年）
　　　　『言志と縁情—私の中国古典文学』（創文社，2004年）
　　　　『六朝文学が要請する視座—曹植・陶淵明・庾信』（研文出版，2012年）
　　　　『唐詩の抒情—絶句と律詩』（朝倉書店，2013年）

漢文ライブラリー
『世説新語』で読む竹林の七賢　　定価はカバーに表示

2019年6月15日　初版第1刷

著　者　大　上　正　美
発行者　朝　倉　誠　造
発行所　株式会社　朝　倉　書　店

東京都新宿区新小川町6-29
郵 便 番 号　162-8707
電　　話　03（3260）0141
F A X　03（3260）0180
http://www.asakura.co.jp

〈検印省略〉

教文堂・渡辺製本

ISBN 978-4-254-51589-3　C 3381　Printed in Japan